希望你也在這裡

劉梓潔

各界好評

演員／王安琪：

那些人生中因為怕麻煩而不想冒的險，讓劉梓潔帶你去！那些因為不想枉為人而上錯愛錯，又不可為人知的秘密，讓劉梓潔幫你說！就是這麼地平實又血脈賁張。如果這是人生，我沒種過，如果這是劇本，我很想演。

作家／李豪：

「旅行」如果有反義詞，我想那應該會是「家」。然而那種反義，並非是天秤的兩端，更像光和影，一體兩面，無論出發是為了離開還是回家，彷彿那才是旅行的意義。劉梓潔的新作《希望你也在這裡》，表面上像在述說，遺憾無法和某人共享旅程裡的風景，然而愈讀愈明白，那意有所指的更是生命中的缺席，彷彿在追尋的過程，以為目的地就在前方，到了才驚覺在身後。（且讓我點播 Pink Floyd 的〈Wish You Were Here〉一同伴讀。）

小說家／陳又津：

讀來爽快俐落，劉梓潔筆下的人物總是幽默又堅強，絕不無病呻吟——雖然他們真的怪怪的，但這份奇妙質地也保護了他們，讓人生多了一點活下去的盼望。

作家／陳德政：

《希望你也在這裡》像作者從遠方寄來的一疊明信片，正面沖洗著異地風景，背面拓印著途中故事，這途中，是人生旅程一次次幽暗的過場。劉梓潔用冷靜又犀利的語言，刻劃出現代關係裡的人情角力，吐露了浪遊者共同的心聲——wish you were here.

小說家／劉芷妤：

我猜，若是這小說裡的角色美雅讀了這本書，八成會脫口而出：「很奇怪。」明明跟著故事在世界各地撿拾片段，以為該要環遊八方風土，翻頁間卻不意走入角色內裡的一條條曲折幽徑，見證那彎拗、陡降與無處索賠的施工不良，但即便在僅容一人側身而過的窄仄之中，劉梓潔總不忘讓讀者看見那潮濕石牆的縫隙裡，或許不是開著什麼曠世奇花，卻可能是一殼慢吞吞的蝸牛，一卷初生的蕨綠葉尖，與這些角色們背負著人生在不同城市裡駐留的痕跡，同樣微小、動人而真實。

演員・作者／鄧九雲：

在不能移動的封城時期，讀梓潔的小說有種流浪過後的沉澱感。我很羨慕她總能在極度平易近人的口吻下，植入她個人龐大深遠的世界觀。

總有一天，我會帶著這本書獨自踏上旅程。

「小馬，我們玩完了嗎？」
「笨蛋，才剛開始呢！」

——北野武《壞孩子的天空》（キッズ・リターン）

目錄

0 屍陀林 008
1 緊急安置 014
2 救生圈 039
3 出來事 056
4 街景服務 084
5 京都西紅柿 102
6 大理同行二人 132
7 成都虹光身 161
8 沙溪天堂 197
9 本次終點：台中 218

0 屍陀林

禿鷲在等待。

整片山坡如環形劇場，分作兩個半圓，一面是鷲，一面是人。禿鷲區盤踞數百隻威武大鷲，安靜凝神，正上方的青空還盤旋著一叢叢未降落就坐的鷲群，藍天布滿黑點，每一點都是一隻鷲。又一會，彼此說好似的，一隻接一隻俯衝而下，瞄準自己的位置，停下便不再動，彷彿對號入座。沒有一點聲響，沒有推擠爭奪。目光如鷹（牠們本身就是鷹），眼神看向同一方向。

人類區，五顏六色，喧譁不止。陽傘、扇子、遮陽帽、防曬衣全副武裝，仍喊著熱。高原夏季，溫差三十度，白晝穿紗，夜穿棉襖，此處全無遮蔽，陽光無條件無差別盡灑大地，本是恩寵，現在成了苦行。捱不住苦，先從嘴出，從好熱到他媽的怎麼這麼熱，從好久到他媽的怎麼這麼久。雖是聖地之旅，穿洋裝花裙拍高原美照的網美觀光客大有人在，揮來轉去的自拍棒加東突西竄的傘骨，終究引來口角。這些都是人間常態，只願他們隨意拿來搧風或墊在屁股下的不是經書。茉莉低聲苦笑說。

在或坐或蹲或站的人類區行列間，有一兩位戴牛仔帽穿藏族傳統服飾的纖瘦女子，筆直站立，姿態優雅，面貌姣好，持著小巧的擴音器，像值星官般維持秩序。不像典型的志工、導遊或工作人員，亦不似慈眉善目的漢地師姐，有點像被挑選過的，像金馬獎典禮上遞獎座、或總統就職典禮上遞麥克風那些金釵。對，最精準的形容即是，被挑選過的。要不是得領著我們這兩個新來的，連美雅想，茉莉應該也會成為其中之一。

連美雅和謝安得跟著茉莉來到這名為屍陀林的天葬場。據說原本只有一片荒地與一個天葬台，經年血水與人油滲入泥地，人來人往腳下踐踩。最近幾年才重新整修，蓋了停車場，鋪了水泥地，還設計了六道輪迴圖浮雕、閻羅王殿、骷髏宮殿，如一座生命教育示範園區。然而重頭戲仍是每日下午一點半上演的天葬實景，雖無售票，但排排而坐的眾生仍是觀眾，等待啟幕，等待好戲登場。

時間已過，連美雅三人站在人類區外圍，正確地說，是慢慢地被不斷湧進的人群，擠到了外圍。茉莉教他們，什麼都不懂就別動心起念，專注在嗡瑪呢唄美吽六字大明咒。跑掉了，就再回來。好吵，嗡瑪呢唄美吽。好熱，嗡瑪呢唄美吽。好久，嗡瑪呢唄美吽。嗡瑪呢唄美吽、嗡瑪呢唄美吽、嗡瑪呢唄美吽。

遠遠地，看得到僧人、天葬師與家屬內外走動，除此之外全無動靜。連美雅心想，將被肢解餵食禿鷲的身體，應該都在以鐵皮圍起來的天葬台裡了，就網上惡補讀到的程序，現在應該是僧人正在為亡者念經祈福修法。

「來了！來了！」坐在前排的幾人忽興奮鼓譟，人類區一陣騷動，禿鷲仍如如不動，連美雅禁不住好奇張望，順著眾人的目光與手指看去，一具簡易棺木正被抬進來，血水摻著腐肉的氣味，由下方飄了上來。喊臭的、掩鼻的、戴口罩的都只能忍，因為，禿鷲仍在等待，意即時辰未到。連美雅當作閉氣訓練，憋到受不了了，再急急換一口氣。棺木繞過白塔三圈，被抬進天葬台。

陸續又抬進來幾具棺木，氣味不再是氣味，而是完全取代空氣本身，無條件無差別鋪天蓋地，不呼吸都聞得到。高原的藍天與大朵白雲依然明淨晴爽，但空氣變成了固體，是摻著血水與屍水的腐爛肉泥，塞進尚有感官知覺的活人身體的所有孔隙。連美雅有點暈眩，茉莉扶住她，在她掌心滴了兩滴檜木精油，她當作救命繩使勁嗅吸，可以維持幾秒，換氣，再幾秒。

再來的，沒有棺木，僅是一條白色裹屍布，以繩索縛綁，抬屍人前後拉著繩子，繞塔三圈。再來，是一只大型垃圾桶，兩人抬著，繞塔三圈。來的路上茉莉說，不是每個人都能天葬的，必須是極有福德的人，才能夠把自己最後的血骨肉做最後供養。無論如何死去，無論肉體如何被裝盛，他們將要做出此生最後的布施。

一共二十來具，據說，是近來最多的一天。鐵皮圍牆的高度，正好擋住了亡者，但，仍可清晰看得到戴著禮帽的天葬師手起刀落，聽得到骨頭迸裂的聲響，禿鷲們像演練過無數回，一排一排有秩序地小碎步前進，像是助跑。天葬師手一揮，如吹響哨子，整片山坡上的禿鷲起飛直衝天葬台，鐵皮四方圈起約莫十公尺見方大小的區域，瞬間塞滿黑褐色羽毛。

人群慢慢散去，氣味仍然濃烈，每個離去的人身上都沾染了一些。好多人鼻孔塞了兩管衛生紙，不分男女老少，連美雅轉頭，看到謝安得臉上不知何時也多了這個裝備，看上去是滑稽的，她卻笑不出來。

據說禿鷲是空行母的化身，是女性護法，象徵慈悲與智慧，來幫助亡者捨棄對肉體的執著、捨離人我分別，隨著禿鷲再次展翅翱翔於蒼穹，亡者的靈魂也得以安詳飛升。連美雅等待著目睹那一刻，但禿鷲，空行母，祂仍在吃。

司機打來電話，要他們加快腳步，否則待會出不去。他們跟著散場的觀光客慢慢往外走，由山坡下到六道輪迴浮雕與閻羅王殿，下樓梯時連美雅踩空了一階，跌坐在地，昔日滲入地底的氣味全往她身上包圍，直竄內臟，她忍不住乾嘔起來。

茉莉和謝安得扶著她蹲到角落排水溝，茉莉拍著她的背，「能吐的話，吐出來會好一點。」

連美雅試著張開嘴巴，把她恐懼的厭惡的無法接受的一切都裝進被屍臭塞滿的空氣，深吸一口，從喉頭持續加壓至胃壁，一股反作用力從胃裡倒抽，明明午餐吃了不少，連美雅卻只吐出了一點點水和泡沫。

她再努力一次，讓乾嘔的聲音與禿鷲粗嘎的叫聲連為一體，彷彿空行母的力量加持，幫著她把身體裡那些腐肉氣味、吃過的食物、學過的知識、快樂悲傷的記憶、父母兄弟、冤親債主、此生的人物設定一股腦往外拖曳，她嘔了一次，又一次。

「吐了嗎？」溫柔的兩位旅伴問。

連美雅顯然神清氣爽許多，擠出一個微笑，搖搖頭。

「只是泡沫而已。」

1 緊急安置

美雅：

我昨天晚上又夢到我們以前的家。

我們搬走以後，租給了別人，可是我去銀行刷本子才發現我從來沒有收到過租金。所以我很生氣地拿著鑰匙回到我們的家，自己開門進去。你記得我們的客廳很大嗎？但是現在裡面被木板隔成了好多房間，弄得亂七八糟，房客是好幾個像流浪漢的人，有男有女，還有人在房子裡面晾衣服，明明有廚房他們卻用小瓦斯桶接了爐子，在房子中間炒菜，然後廚房中島上面滿滿的都是麻將，他們問我：你是誰？

我說我是屋主啊，你們怎麼都沒付房租？他們說有啊，每個月都匯款了。

那錢都跑到哪裡去了！我很不客氣地和他們吵起來。算一算我們搬走快二十年了，房租一年少說也要五十萬，我的一千萬呢！我要他們拿匯款證明出來，他們這樣亂七八糟的人，竟然把收據都收得好好的，一整疊，放在塑膠袋裡，掛在玄關的掛鉤上。

我還真的拿起來一張一張對帳，然後，看到上面的帳號，我突然想起來，這房子已經不是我的了。

我們搬走以後，其實是賣掉了。

但我又拉不下臉道歉，我想，我藉故要看游泳池，從後院逃掉好了。

我走到後面一看，游泳池是乾的，全部都是落葉和泥巴，還有一些壞掉的電器和家具。看到房子被搞成這樣真的很生氣，但是，又一想，已經不是我的了，馬上氣又消了，煩惱也不見了。

錢匯了，收到了嗎？

媽媽

有房子就等於有家嗎？

連美雅到台北上大學的那個夏天，意外地發現了親生母親連愛鳳打造一個家的秘密，原來那是如此簡單入手，但又虛無縹緲。

那時，她的養父母幫她買了一間套房，並且說好再過兩年她滿二十歲時就過戶給她。對養父養母來說，這叫任務完成，亦即關係中止，你該開始有自己的家了，雖然現在只是你一個人，但十八歲就有自己的房子這是公主才有的命啊。

是，公主。她一直有公主命，但活不出公主樣。她的親生母后似乎遠遠地在地球某端，適時適所地匯入適當的生活費、教育費甚至購屋基金，那頭匯款，這頭規劃，養父母如領薪水的忠實老管家，現在他們要退休了。伴隨房子而來的，是一個個人的銀行帳戶，往後母親會直接把錢匯給她，不再經養父母之手。媽媽每次匯完錢後，會寫來如上面那樣沒頭沒腦的訊息，常以我做了一個夢，或者我去算了一個命開頭。連美雅大多不回。

有了房子的連美雅，不必、不需也不能再回養父母的家了，與養父養母的關係恢復為舅舅和舅媽，反正她也一直都是這麼稱呼他們。舅媽不是壞人，也不是心狠的人，但界線分明，偶爾連假或過年，會傳訊息說：來花蓮玩啊。

來、玩。不是回家。

連美雅的家從此就是這個十坪大的小套房了。

套房在河左岸第一排的新社區，就與大學隔河相望，搭個公車過個橋就到。

從上大學開始，她沒有夜遊到半夜翻牆回寢的宿舍生活，沒有共用牙膏和衛生棉的室友，沒有手挽手逛夜市買化妝品和內衣褲的閨蜜，更沒有男友。下課就是回家，兩點一線。她一開始對同學說借住在親戚家，後來說是爸媽在台北買了房子，所以要回家吃飯，功課好得不得了，筆記也不借人家看，分組時就跟老師說她要自己一人一組，各種印象層層疊疊，綜合來說就是孤僻俗氣的富家千金。

一個人搭公車上學，一個人到學生食堂吃飯，一個人放學買便當拎回她的城堡，安全最重要，舅媽當初看準了門禁森嚴的這點，進大門、小門、電梯都要刷卡，把成年的連美雅交接給感應磁扣，他們就不再擔負責任。

套房裡的家具在入住時由舅媽全權決定，挑了雙人床架床墊（說是未來交了男朋友或是剛結婚夫妻倆都好住），以及同款的化妝台、床頭櫃、衣櫃、書櫃，全套都是實木的，堅固耐用，舅媽總是要顯示出她沒有虧待美雅，沒有把美雅媽媽寄來的錢隨便花用，買的東西是不便宜，只是老氣。美雅起先沒有察覺，也無從比較，後來在台北多多少少看到一些空間裝潢擺飾的雜誌，覺得自己的家少了一點什麼，但又該有的都有了，或許少的是看不見的東西，品味或者氣味。

有次路過學校附近的生活工場，突然聞到「家」的味道！那是她小時候的家的味道！

「我喜歡一走進家裡就香香的。」以前媽媽一邊說，一邊在玄關、鞋櫃、浴室、房間衣櫥都擺上香氛蠟燭。

連美雅走進店裡，彷彿媽媽的靈魂就在裡面，不，她還沒死，只是總是不知道在哪裡。她抓著試聞罐聞半天，聞不出來當年家裡的味道是白麝香？是微風海洋？還是漫步果園？她選了幾個蠟燭、幾套擴香竹，想拍照傳給媽媽看，但味道是拍不下來的。看不到摸不到，猶如媽媽的存在。

她想過把生活工場那一整套布沙發咖啡桌都搬進套房裡，然而已沒有空間，她也沒有能力和動力重來一次。至少，現在她說出「回家」時，知道要回的是哪裡，有自己的鑰匙、自己的門牌號碼，後來還有了房屋所有權狀，安安穩穩，老老實實。

她發現自己喜歡這樣的安穩安靜安心。

為了延長這個狀態，她一畢業就應徵同個大學的專案研究助理，專案結束就再找行政助理的缺，每日朝九晚五兩點一線通勤，來到二十八歲。

她在這個套房住了十年了，超過她心目中的曾經的家。

小學四年級下學期開學前，她和一堆行李像擺地攤一樣，被媽媽暫時放在那個家外面的人行道上，媽媽說：「你在這裡顧好，我去把車開過來。」連美雅的媽媽開賓士，爸爸開瑪莎拉蒂，車牌都是8888，幾乎全年級的師生都知道。連美雅站在街口，斜對角是一對老夫妻在賣大小籐椅。她盡量把自己隱身在那些紙箱和行李箱的後面，從縫隙偷偷窺視，但不知道賓士會從哪個方向開過來，通常媽媽停在自家車庫，不知為何搬家前就把車開到鄰近的收費停車場，媽媽說是為了讓運送家具家電的大卡車方便停，但那不是移個車就好了嗎？

「很奇怪。」這三個字成為那段時間連美雅最常掛在嘴上的字，甚至她以為自己從此以後只會說這三個字。

「久了就不奇怪了。」媽媽不帶情緒地回她，無論幾次也不厭倦。

兩支手機都在媽媽的包包裡，她不知道等了多久，只感覺太陽光線從正中央漸漸斜移，整條馬路變成金黃色，她因為越等越冷而挪動身體到陽光下，原來只要冷到受不了就不會繼續躲在陰影處了，其實沒有人注意到她，幾乎沒生意的籐椅攤老夫婦準備收攤了。

如果媽媽不來，她要在這裡紮營嗎？不，她看向家裡圍牆上掛著的「售」字，底下有一個某某房屋仲介的電話，他們一定有鑰匙，她可以找地方打電話，請那個仲介來開門，她就可以再次進到他們的家，儘管裡面已空無一物。

她在心裡一次又一次默背那支電話號碼。

就在路燈亮起的剎那，8888，賓士，出現了。媽媽裝成好像自己只是離開五分鐘一樣，路邊停車，開了後座和後車廂的門，開始把行李一箱一箱往裡面塞。媽媽的力氣很大，這是美雅從小就知道的。大力士傳說有多種版本：「你知道我一個人從花蓮帶著沒有輪子的行李袋，搭火車到台北再搭野雞車到台中。」、「你知道我擺完地攤，那些包包用床單整個包起來，綁在摩托車上，再一個人騎回家。」、「你知道你外公都是我在背嗎？背到浴室裡幫他洗完澡再背出來。你舅舅長那麼壯外公也不會叫他，有什麼事就只會叫：連愛鳳！」

但力大無窮的連愛鳳此時顯得沒什麼力，最後幾箱怎麼塞都塞不進去了，對美雅說：「就放在路邊吧，反正只是我的一些衣服。」

「路邊？不放到家裡面去嗎？」十歲的小孩都懂得惜物。

「房子已經要賣了，放到裡面幹嘛？」

母女倆對這座建築物的稱呼已分歧。我們說回家，不會說回房子。說搬家，不會說搬房子。但說賣房子，不會說賣家。家搬空了便變成了要賣的房子，於是家就變成了眼前這些箱子，現在媽媽又要把部分的箱子捨棄了，對她來說只是一些丟了也不會心疼的衣服，她又回到了那個跑單幫擺地攤的神力女超人，快速把放不進車裡的箱子堆放在路邊，沒好氣地開門進入駕駛座，發動賓士。

連美雅只得乖乖上車，前座已塞了一個二十九吋行李箱，她只能坐後座，和其他箱子及行李袋擠在一起。

「你放心，放在路邊很快就會有人撿走了。」第一個紅燈時，連愛鳳稍微恢復平靜，用和緩的語氣對美雅說。

「那如果你剛剛把我丟在路邊也會有人撿走嗎？」連美雅說完哭了起來，但只哭了兩聲，戛然而止，不流淚也沒抽泣，淚水只剛好沾濕了睫毛。哭的同時，身體內部升起一股阻止的力量，那力量讓她變成了一塊玻璃，僵直不動。

母親是另一塊玻璃。兩人若相互疼惜相擁摩挲只會讓牙齒發軟，若相互碰撞只會雙方粉碎，就算她讓自己恣意暴走原地碎裂，母親也沒有力氣像擺地攤收包包那樣拿條床單把她好好包起來。

「很奇怪。」她只剩下這三個字。

「不奇怪，我去銀行，人很多，等很久。」她聽見母親用平板的聲音說著，一邊踩著油門加速，上高速公路。

那是連美雅和連愛鳳分開前的最後一次長途旅行，中途應該有在哪兒休息，吃個晚餐或宵夜？或至少也要加油上廁所吧，連愛鳳戒斷好幾年的菸癮前陣子才又回來，應該會停下抽菸才對，或者她其實是邊開邊抽呢？連美雅完全沒印象了，連車上有沒有菸味都不記得。

從台中到花蓮，在當時至少要七小時車程，也許連愛鳳真的從眼睛到膀胱收攝自如，一秒也沒休息地，駕著賓士一路奔馳回到了花蓮娘家，那中間還包括了北宜公路（雪隧尚未開通）和蘇花公路，或許在連美雅熟睡時曾經路邊停車抽菸或打盹。在連美雅的記憶中，在台中出發時是黃昏，抵達外婆家時，天剛好亮了。

媽媽要她張開眼睛，用手搓搓臉，接著便自己一箱一箱把行李搬下車，放在外婆家的巷口，那條窄巷與一條排水溝平行，車子開不進去，連美雅記得好小的時候媽媽曾經騎腳踏車載她，兩人一邊搖搖晃晃，一邊又笑又叫。

媽媽把東西放好後，連美雅自己自動下車，媽媽把手機交還給她，說：「沒電了，到外婆家再充。」接著跟十二小時前在台中的對話一樣，只是動詞換了：「你在這裡顧好，我去把車停好。」

換了時間，換了地點，但物件相同。連美雅再次與這些行李相依為命。

但這次媽媽沒讓連美雅等太久，看著8888的車牌消失後，約莫五分鐘，舅舅推著一台最大的超市推車過來了，迅猛地把所有行李疊好，跟美雅說：「我先帶你回家。」

「媽媽呢？」

「她去停車。」

連美雅此時尚不覺有異，推著兩個附輪行李箱，跟在舅舅的超市推車後面，走進巷子。為什麼一般人家家裡會有這樣一台推車？還是媽媽和舅舅早就聯繫好，舅舅特地準備好推車？回到外婆家，吃完了舅媽買的廟口紅茶和蛋餅早餐，媽媽還沒回來。美雅睡了一覺，媽媽也沒回來，她不再問，三個大人也沒再提。天色暗下來時，舅媽要她把自己和媽媽的東西分一下，連美雅的放到外婆房間，屬於媽媽的東西則原封不動放在那台超市推車上，擺在客廳角落。舅舅斜倚在沙發一角，外婆在另一角，面對電視。

舅媽要她先去洗澡。

要是洗了澡，就是要住下來了。連美雅想起媽媽說過的話。媽媽那幫貴婦姊妹淘來家裡吃喝打麻將唱卡拉ＯＫ，其中有位第一次來他們家的阿姨上完廁所出來，以浮誇表情和語氣讚嘆那可比五星級飯店的廁所：看不到芳香劑或擴香竹，但一進去就聞到讓人感覺幸福的味道；讓客人擦手的小毛巾像是新的一樣，一條一條摺得整整齊齊，放在竹籃裡，用畢即丟到洗手台下方的竹簍；乾淨到發亮的花崗岩地板穿著白衣服躺上去滾都不怕弄髒。但這阿姨問：怎麼不弄個淋浴呢？客人怎麼洗澡？

「要是洗了澡，就是要住下來了。」媽媽一邊搓麻將一邊冷冷地說，然後再殷勤地補上：「哎呀，我意思不是說不讓你們住哦，我意思是我們家的客房都是套房，歡迎你們來住。」嘴上是這麼說，好像沒有人住過客房，連舅舅外婆都沒來住過。

媽媽說話常會這樣，第一句先說出了真實的想法，覺得不妥趕快補上一句圓滑潤飾，有時會讓人搞不清楚哪一句才是真的。

外婆家的浴室磁磚零破，地上擺了各種顏色的臉盆，牆上掛了各種花色新舊不一的毛巾，沒有熱水。聽說是熱水管破了之後一直沒修，連美雅照舅媽的指示，拿臉盆到廚房瓦斯爐上舀半盆熱水，再到浴室兌半盆冷水，拿漱口杯當水瓢，就可以洗了。

所幸不久前小三升小四的暑假，連美雅才參加過辦在露營區的野炊夏令營，她有一點經驗可召喚對照，她把住在外婆家當作兩天一夜或三天兩夜的營隊，洗完澡還把內褲襪子洗好了，舅媽稱讚她乖，幫她拿到屋外晾。

她回到房裡，將充好電的手機開機，打給媽媽，是語音信箱。她按了一下通話紀錄，有一整排的室內電話號碼，從04到02到03、06、07開頭都有，撥出時間是下午四點到五點多，也就是她站在台中家外面等候媽媽的那段時間，每通通話時間都很短，五分鐘不到。她從背包裡拿出電腦，小學四年級就有筆記型電腦，她是公主沒錯，但現在公主出來夏令營了，舅舅家沒有網路，連撥接都沒有。

無法上網查媽媽打這些電話是打去哪，跟朋友借錢嗎？那應該會打行動電話。連美雅試打了一通，響了幾聲之後，對方接起，是一個疲憊的女聲，不是聽過的聲音，問：「請問找誰？」

「請問連愛鳳在那邊嗎？我是她女兒……」連美雅直覺媽媽應該躲在其中一支電話號碼背後。

「我們這裡是慈心育幼院，你打幾號？」女聲沒好氣地打斷。

「對不起我打錯了。」連美雅速速掛了電話。

她的心臟從沒跳得這麼快過，她按了下一通，這一次，顯然是一家更有規模的，響了兩聲就讓語音總機接起：「光暉育幼院您好，請直撥分機號碼……」連美雅掛掉。她再選07開頭的，是一家公立的，背景還有孩童打鬧聲。她發著抖。昨天傍晚，媽媽把她丟在路邊，然後可能在隔著兩條街之外的路邊，坐在車上，一通接著一通打給育幼院，她會怎麼說呢？在這通話時間一分鐘到八分鐘不等的時間裡。

跟她請二手家具家電來收沙發餐桌電視冰箱時一樣嗎？

你好，我要搬家了，這裡有個小孩能不能送到你們那裡？對，是我生的小孩，四年級，女孩子。我會開車自己送她過去，然後我會假裝我去停車，你們出來把她帶進去就好。如果她說很奇怪，你們就告訴她久了就不奇怪了。

奇怪的是你吧。也許跟連愛鳳講了八分鐘的那家育幼院的人這麼說了，正常人都會這麼說的，也許接著是一連串連愛鳳最討厭的道德勸說，也許她也跟人家吵起來了。總之，被全台的育幼院拒絕一輪、打到兩支手機都沒電的連愛鳳只能破釜沉舟，一鼓作氣載著小孩開回花蓮娘家。

其實她還有一個選擇的，就是不再回頭，直接開著車去到遠遠的地方，沒有人找得到的地方，但沒有，她開回來了。

或也有可能，八分鐘那通電話其實是達成了協議，好，你可以把小孩送過來。連愛鳳開著車子回到了家門口，行李和小孩裝載完成之後，她心軟了，於是開到了娘家。

「我們的家要賣掉了，所以要再找一個家。」這是事情的源頭。連愛鳳是這麼說的，她並不是說，「我們」要「一起」搬家。

「那爸爸呢？」連美雅問。

「爸爸在上海還有一個家。」連愛鳳當年平靜地一字一句對著小學四年級的連美雅說，像是美語老師教句型結構那樣嚴肅謹慎，語氣乘載滿滿的念力：這是事實、你沒得選、只有記住、只有遵守。

「為什麼？」連美雅這麼問了。

「沒有為什麼，就是這樣。」連愛鳳接著說，本來每個人就會有不只一個家，像我小時候住在花蓮外公外婆家，後來自己搬到台北跟朋友有一個家，再後來搬到台中自己有一個小小的家，然後又和你、爸爸、還有榮榮，有一個大大的家。現在榮榮去天堂了，爸爸要回到他上海的家去了，我們也要找一個新的家。

「爸爸、他、外遇了嗎？」跟著媽媽的姊妹淘們看過一輪又一輪婆媽劇和花系列的小學四年級生要說出這兩個字並不難。

「對。」媽媽吐出簡短有力的一個字，如射出一根箭，但旋即發現那根箭在前方轉了彎射回自己。

「不是，」媽媽別過頭繼續打包，「是，我們就是他的外遇。」

顯然第二句才是真話。

我們，媽媽、我、剛溺水死去辦完告別式的弟弟，都是爸爸的外遇。開8888瑪莎拉蒂的爸爸，和開8888賓士的小老婆媽媽。

「但是你放心，他承諾會照顧我們。」

「什麼是承諾？」

「就是說到做到的意思。」

說到做到的連愛鳳，給了女兒一個新家，那就是她年輕時拚了命逃離的家。排水溝旁邊的、客廳籐椅破洞以鐵絲纏補、浴室沒有熱水的低矮平房。那剛剛發生過小男孩在游泳池溺水意外正靠仲介努力抹去凶宅印記的台中重劃區獨門獨院的電梯豪墅，只是一個代售物件，不再是誰的家。

爸爸回到上海家，美雅被送回外婆家，媽媽不知去向。

連美雅與外婆同睡一張雙人床，沒有彈簧床墊，只是木板床架鋪了薄薄的床蓆，枕頭被褥都是老人身上綿羊油混著萬金油的味道，儘管如此，連美雅也不想醒來，直到被房門外開行李箱的聲音吵醒。

是媽媽？

她開門一看，舅媽正把超市推車上的大小行李箱和收納袋在地上一字排開，舅媽抬頭看到連美雅疑惑的臉，像是秘書對上級報告每日事項地說：「你媽媽說要讓你好好洗澡，叫我們把浴室修一修，她說可以挑一個包包去賣。」

舅媽說完把大袋大箱裡那些還用防塵套裝得好好的各款名牌包放到籐椅上，「給你挑？」

連美雅搖搖頭，「她有來嗎？」

「她早上打電話到家裡。」舅媽接著把連美雅可能的問題一次解決：

「不知道從哪裡打的，也看不到號碼，她有問你好不好，我說在睡覺，她說不要叫你。」

「下次她再打來，可以叫我聽嗎？」

舅媽點點頭，挑好一個橘色盒子裡的方型皮包，「我請彩蝶來看，她比較知道行情。」

舅媽仍是向公主報告的語氣，等著連美雅點頭，把其他包包收好，疊回推車上。

浴室開始施工了，連美雅和舅舅舅媽只得用臉盆端著毛巾衣服盥洗用具到前頭的水果行借用浴室廁所，更像夏令營了。

外婆家格局狹長，房子通向兩頭，前門面馬路，後門面窄巷，前後隔開，只留了一個小門，前面當作店面租給水果行，租金就是舅舅的收入，舅媽在水果行的騎樓搭了小工作間，幫人修改衣服。

過了兩個禮拜，新浴室突兀地在這個破舊的家裡誕生了，石英磚地板、日本TOTO馬桶、發亮的不鏽鋼水龍頭、乾濕分離玻璃隔間，彷佛是媽媽送給外婆家，做為收容連美雅的贈禮。與此同時，客廳角落也多了一張給連美雅的新書桌，緊挨著那台超市推車。

有天舅舅和舅媽換上稍微正式的衣服，摩托車三貼載著連美雅到附近的小學辦理轉學，在大人們辦手續時，她看見了戶口名簿，她的關係欄是外孫，出生序是長女，母連愛鳳，父空白。

大人們顯然已把連美雅的身世來歷搞清楚了，從教務主任臉上同情悲淒的表情可以看出。連美雅跟在班導後面進教室，班導是一位手腳都很粗壯的女老師，小腿肌肉結實，底下穿著細跟高跟鞋，白色窄裙下的屁股過分誇張地扭動，快到教室時，老師轉過頭來，彎腰正視著她，有點滑稽地瞪大眼睛。

連美雅看見濃密的假睫毛，濃妝豔抹的臉，同時發現，不，錯了，這是一位男老師。

「你覺得我奇怪嗎？」雄性低沉的聲音混入溫柔的語調問。

連美雅想了幾秒，小小的聲音回答：「久了就不奇怪了。」

老師捂嘴嬌媚地笑了兩聲，說：「錯了。久了他們還是會覺得你很奇怪，你要做的是讓他們閉嘴。你知道怎麼做嗎？」

連美雅搖搖頭。

「你要很厲害，你知道怎麼變厲害嗎？」

「考第一名。」

「對！沒錯！只要你一直很厲害，他們就不會管你是誰，至少不會在你面前說，你就不會受影響。」

儘管只有四年級，連美雅還是可以輕易地說出那三個字，娘娘腔。但現在奇怪的不是眼前這位娘娘腔，而是她發現她在這位娘娘腔身邊感到無比心安，心安得可以說出所有想法。遇見一個好的老師可以改變你的一生，遇見一個奇怪的也會。

「老師，那我等一下可以不要上課，自己去圖書館嗎？」連美雅突然用來到花蓮以後最明亮開朗的聲音說。

「沒錯！就是這樣！做你自己！但你還是要先上台自我介紹，可以嗎？」

走到教室的最後幾步路裡，連美雅把過去在台中和貴婦小孩們一起去上過的我是小小領袖營、心靈環保營、人際關係ＥＱ成長營的結業演說經驗一次召喚回來。放下書包，優雅上台，鞠躬。

「大家好，我叫連美雅，我從台中來，因為我的爸爸媽媽要去上海工作，所以我暫時居住在花蓮的外婆家，希望可以很快跟大家變成好朋友。」

她還沒有制服，穿的是深藍色法式毛呢裙和白色針織毛衣搭上黑皮鞋，她可能會沒有朋友，但也沒有人會去管她媽媽是誰，爸爸去哪兒。

她在老師同學的掌聲中自己走出教室走到圖書館。

第一件事，上網。

她把之前在電話中聽到的育幼院名字輸入搜尋引擎，並不是想要從裡面找到媽媽的行蹤，她想知道當初媽媽打算把她怎麼處置。

「為受虐、被遺棄、受嚴重疏忽……等緊急安置個案，提供一個溫暖安全的照護環境。」

緊急安置。她找到了。

原來她現在的狀態叫做「被緊急安置」，這的確比被遺棄、被嚴重疏忽，要好很多。

「我媽把我緊急安置在我外婆家。」聽起來好像也有點幽默，有點厲害。

後來她漸漸知道，愛穿女裝化濃妝的班導師，指導學生參加國語文競賽、母語演講比賽都晉級全台總決賽，而且他還會幫國小校慶拍影片找贊助，學校官網也是他做的，重要的是學生都很喜歡他。校長家長和其他老師不敢對他怎樣。

為了要成為班導口中更厲害的人，她主動向舅媽說要學美語、學作文、參加科展，若是舅媽臉上閃過一點對學費的猶疑，她便指指推車上的名牌包。

後來她知道，這些包包都放在花蓮街上那家名為彩蝶的舶來品店寄賣，偶爾坐在舅舅機車後座去補習時，她會看見媽媽的包包們被一個一個擺在玻璃櫥窗裡，儼然一個連愛鳳品味展，或者，紀念展。

或許當年跑單幫擺地攤的連愛鳳奢想的，只是擁有這樣的一家店而已，所以變成一隻彩蝶從這後山小鎮飛出去，某種程度來說，她沒有遺棄連美雅，她只是飛得太久飛不回來了。

2 救生圈

你隨時都可以買單
但你永遠都離不開
——老鷹合唱團〈加州旅館〉

在路上認識的那個男人傳了微信過來：我不能想去就去，要嘛你來吧。於是我就去了。機票，護照，台胞證。最小的登機箱。一千公里，一個半小時，我到了。

九月的深圳很舒爽。他在機場等我，他開很好的車，車上擺了印度香而不是人工芳香劑。他帶我去了深圳勝地，世界之窗，巴黎鐵塔就在路口，然後是凱旋門、羅馬競技場、泰姬瑪哈陵、仰光大金塔、雪梨歌劇院，全是縮小版的，但又不像小人國那麼迷你，有點像樣，又有點滑稽。

我說我都去過了。他說真的假的？

我說你怎麼有台灣腔？他說大概是受台灣同事的影響。

真的。我都去過了。真的巴黎，真的義大利，真的印度緬甸和澳洲。他沒出過國，但是去過好遠的新疆和西藏。

他又帶我去開車要一小時的地方吃晚餐，排在路邊的矮桌矮凳，像台灣的薑母鴨，但吃的是胡椒豬肚鍋。我們聊了很多，都是各自在路上的事。他又開車沿著蜿蜒山徑而上，進到山裡後他按下車窗，空氣濕涼，山下有霧。他在一處平台停下，腳下是深圳夜景。車內的音樂是許巍的〈曾經的你〉。每一次難過的時候，就獨自看一看大海，總想起身邊走在路上的朋友，有多少正在療傷。

我知道他會唱歌的。在雲南的路上相遇之後，曾經一群人去酒吧，他大大方方上台拿起吉他自彈自唱了陳昇的〈不再讓你孤單〉。於是我鬧他，要他唱歌，他不從，反倒把椅子打平了，半躺著，雙手高舉過頭，伸了懶腰，沒喝酒卻眼神迷濛。現在我得側身微微低頭才能跟他四目相接。

「你跟你老公都怎麼做的，幫我。」他說。

「我們不在車上做。」我說。

「那我們去找個房間。」他聽起來有點認真。

「我們不跟彼此以外的人做。」我說的是實話。

我仍看著他，他仍看著我。他安排的歌單來到下一首，老鷹合唱團的〈加州旅館〉，都是好適合在路上聽的歌。

「如果我強暴你呢？」前奏結束時他說。

「我會報警，你會坐牢。」我說的仍是實話。

他把椅子豎起來，倒車，載我回旅館。他問我明天想做什麼呢？我說我想一個人，他說那他晚上下了班來接我吃飯，我說好。

我說好的原因是，我相信他不會想把以上動作與對話再來一遍。

現在我回到房間了，一個人。我不害怕嗎？在車上的那時候。坦白說，事實上是，在路上的人，抽掉害怕之後，你只會看見，你自己也在看著前方，你也想知道，接下來會發生什麼。

我不知道那之中有沒有期待，但我很肯定，沒有害怕。

#希望你也在這裡

#深圳

以上貼文配了一張世界之窗全景夜景照，巴黎鐵塔矗立在中間閃閃發光。一小時前發布，已有三百一十四個愛心，連美雅是其中一個。

這位ＩＧ作者名叫茉莉，正如文中自爆，已是個有夫之婦，少婦寫居家和敗家成為網紅的也不少，但茉莉走的是新女性路線，有恩愛的老公（偶爾也曬兩人份早餐或是四隻腳丫露出被窩那種閃照，圖說：回家真好），還有瀟灑的浪遊，自成一格，不接業配，也不經營互動，粉絲全靠口碑。這一＃希望你也在這裡 系列已經出過一本書，持續不定期在ＩＧ更新。

有些頭號粉絲或許會把希望「你」也在這裡的「你」當作他自己，認為是作者的溫柔邀約；而有些則是自己心中還有個「你」，把自己投射成為作者，希望自己也有作者的文筆與閱歷，但是都沒有也沒關係，至少有個「你」可以承接心意。

而連美雅不屬於上面兩種，對她來說，知道茉莉的「你」是誰，是最不能承受的事。她們在現實生活中有著雙重關係。表面上，連美雅必須叫茉莉「師母」，意即茉莉的老公是連美雅必須叫「老師」的人，不為人知的關係則是，連美雅與這位老師已經秘密交往了八個月。連美雅幫他取了個名字叫「李向榮」，老師並不叫李向榮，而是連美雅無法對人說老師是我男朋友，便製造出這個名字。說製造也不對，那是她弟弟的名字，四歲時在游泳池溺水過世的榮榮。同事們都知道連美雅有個穩定交往的男友叫李向榮，但李向榮不喜歡拍照，也不喜歡見人，問她李向榮是做什麼的？她就說：反正是個宅男。

的確，李向榮與她在一起的時候，無法公諸於世，外出約會，只能宅在家。連美雅的家。詭異的是，這間套房與茉莉和李向榮的家位於同一社區，這一新社區大樓與他們服務的學校僅一橋之隔，房價卻只要學校周邊的一半，考慮距離舒適度CP值，做出同樣選擇，合情合理。社區管理員都知道連美雅是李向榮的同事，同一系所的助理，也知道李向榮的太太茉莉經常飛來飛去，有時三更半夜自己搭著計程車拉著行李箱回來，但卻從未注意李向榮經常會拿著C棟的電梯卡出入連美雅的套房。

李向榮送茉莉去機場之後，開車回來停進地下室停車場，就從連美雅住的C棟的電梯上樓了。總是這樣。

他們完事之後，連美雅會刷一下茉莉的IG，同步更新。

「我覺得他們一定有做。」連美雅說。

「為什麼？」李向榮很快速地看了一眼，「只因為我們有做嗎？」

「不是的，很明顯師母喜歡這個人。」

「我感覺不出來。茉莉一直都是這樣，沒有喜歡，沒有討厭。」李向榮像在看一個陌生網友的生活分享，卻又對她熟悉無比。好比大家看到的茉莉是景觀造景裡的巴黎鐵塔，而他熟悉的是真正位在巴黎第七區的那座本尊。

「為什麼師母跟別人約會的時候還要說希望你在這裡？那不是很那個嗎？」

「第一，她不是約會。第二，那個你不是我。第三，你說的那個是指哪個？」

李向榮就算反駁或辯論，語氣也是淡淡的，臉上還是帶著笑。他曾對連美雅說他本來不是這樣，是茉莉教會他的，秘訣在於不要對號入座，而連美雅就敗在總是坐錯位置。他們夫妻之間教來教去的每件事都讓她嫉妒，對，嫉妒就是一種明顯的對號入座，李向榮說的，不，李向榮說茉莉說的。連美雅現在最希望的事就是茉莉可以傳個簡訊來說她要跟剛剛那個不知是誰的深圳白領遠走高飛，那麼，李向榮就是她的了。（占有。哦，對號入座又一個。）

「但她說謊了。」

「嗯？」

「這句。」連美雅用指甲輕劃過手機螢幕：我們不跟彼此以外的人做。

「她沒說錯。我這麼相信，她也這麼相信。」

「那我算什麼？」

「欸，寶貝，把『我』拿掉。」李向榮做了個韓國男星拍宣傳照的動作，手指比出七，射向連美雅，搭配一個眨眼。而連美雅撿起了還飄在空中的寶貝兩字，當作救生圈，緊緊抓住。

李向榮走到陽台抽菸，一絲不掛。連美雅沒阻止他，反正已是習慣。要說是他不怕被人知道呢？還是他相信沒有人會發現？連美雅覺得與其去思考這問題，不如問自己：我怕讓人知道嗎？

同樣地，抽掉害怕之後，她也想知道，接下來會發生什麼事。

但這八個月來，什麼都沒有發生。沒有人偷拍，沒有人八卦，沒有消息走漏，沒有捕風捉影。甚至讓連美雅覺得，說不定，這兒真是個平行時空。如果人的認知與意念足以建構起一個世界的話，茉莉和李向榮彼此信任的世界裡，並沒有任何第三者存在，無論男女，他們相信對方不跟彼此以外的人做，那麼連美雅和李向榮這八個月來的這些做，就都不存在了。

連美雅被消失了。

她感到悲傷或憤怒嗎？不。她反而感到安心，就像披了隱形衣一樣，做壞事也不怕被知道。

連美雅看著李向榮吞雲吐霧的背影，也許李向榮這時也覺得自己是隱形的。但是她可以記住他胸口與背部肌肉的線條，記住他腿毛的疏密與流向，就像記住他的郵寄名條要用黑體14級，熱美式要倒到大馬克杯裡再加四分之一杯熱水一樣。

當李向榮當了她的長官六個月後終於來到她的套房門口，按了門鈴，連美雅開了門時，她肯定的是，就和茉莉剛剛的發文一樣，她沒有感到害怕。不一樣的是，她非常肯定，她很期待。滿滿的期待。

而李向榮盡心竭力地回應了她的期待。

那是除夕夜。非常冷。連美雅胡亂穿了好幾層衛生衣發熱衣毛衣背心裏了大披肩，下半身也是褲襪加衛生褲加運動褲。她在她的小套房一個人過年，用快煮鍋煮了超市買的韓式泡菜鍋，配電視。就在鍋子快見底時，李向榮（那時她還叫他老師）傳了訊息來：你一個人嗎？

連美雅不確定老師對她的認識有幾層。一開始是最外層，她履歷上的最高學府，這當然是她能順利進到面試的主因，李向榮和其他主考官當然第一個問題就問了：你這麼優秀怎麼只想來當行政助理？

「我不優秀。」當時連美雅這麼怯怯地說。哦，自信不足。也許在李向榮心中留下了這第二層印象。連美雅解釋，她想要這份工作，是因為她目前只想過單純平凡的日子，而她的專長是把別人交代的事做到最好，她覺得自己一定可以勝任這份工作。

至少，會為自己爭取點什麼。李向榮在乎學生與下屬的積極態度與主動性，也許這是她被錄取的原因，但也有可能是她嚇人的學歷與成績就已占了一大部分。

善盡職責的行政女助理，與幽默帥氣的已婚助理教授，平日在辦公室除了公事沒什麼往來，卻在猛烈冷氣團來襲的除夕夜，在同一座社區大樓的不同棟樓，藉著半小時的簡訊往來，互相層層剝開。但事實上，他們彼此仍有所保留。並不是不誠實，而是要聊到把彼此衣服層層剝開，並不需要打開那麼多。

連美雅說，她其實是養女，小時候因為家裡發生了一些事，她讓舅舅夫妻收養了，搬到花蓮，她唯一的救生圈就是讀書，國小國中高中全部全班第一名，一直離開了花蓮，想要獨立生活，活出自己的人生，無奈還是只有一個救生圈，讀書考試。

連美雅連用了兩次救生圈，實在有點字彙貧乏，但這也讓李向榮確知，這三個字對她有中。接著，換李向榮傾吐自己一人過年的來龍去脈。他的家人都在美國，只有他一個人畢業後回到台灣教書。為什麼？因為真的愛台灣的話，不能一直留在美國吧，李向榮說。太太茉莉其實原本是他哥哥的未婚妻，婚前的家族聚會才見到了這位更高更帥的弟弟，兩人天雷勾動地火（李向榮的字彙也沒好到哪），茉莉義無反顧決定跟著他一起回台灣。父母本來就比較疼哥哥，他搞出這種事之後，就和家人斷了聯絡。茉莉本來就是到處旅行的人，她現在在日本長野滑雪。

「當你什麼都沒有的時候，反而要開心，因為你就自由了。」李向榮送出。這其實是茉莉曾經對他說的。

「沒有家人也是嗎？」連美雅送出。她已雙頰通紅，期待將要發生什麼。

「讓我來當你的家人吧。」李向榮打上，靈光一閃，按倒退鍵刪掉後面三個字，重新打上：救、生、圈。

「讓我來當你的救生圈。」

「怎麼當？」

「你住幾樓之幾？」

「C棟十三樓之五。」

連美雅送出訊息，心跳來到跑完百米衝刺，她不知道該先換衣服，還是先洗鍋子，像個陀螺轉來轉去越來越喘。然後，電鈴響了。她開了門，門外是跟她一樣喘的李向榮，不過他喘是因為爬了十三樓的樓梯。不，正確地說，十四樓，他從地下一樓的停車場開始爬的。

連美雅是處女。不，正確地說，她什麼都是第一次。牽手、擁抱、親吻、愛撫、進入。李向榮毫不擔心，因為，連美雅會把他交代的事做到最好。她真的做得很好。長相平庸身材中等的她，身體卻非常柔軟有彈性，這讓李向榮驚嘆，他也不斷誇獎她，這讓連美雅覺得自己總算有點優秀。

他們從除夕一直交纏到大年初六開工，可能是這密集相處，維持住了他們後面的來往。連美雅沒有去想自己是見不得光的第三者這些事，因為再怎麼樣都比之前一個人好太多了。寒假、開學、暑假、又開學了。連美雅理想的單純平凡的生活，現在又多了一點激情一點甜美，她從未想過她的幾層身世裡，會被裹上這層糖衣。

九月到年底，一切如常。但天翻地覆，卻只是一個早上的事。跨年到元旦的四天連假，李向榮說跟茉莉去曼谷跨年，連美雅不吵不鬧，繼續她的個人鍋配電視。上班日，系主任和教評會嚴陣以待，李向榮是去了曼谷，但他帶出國的，不是太太，是系上的女研究生。爆料的也不是太太，是女研究生的父母。關門開會，連美雅泡茶、影印資料、錄音記錄。李向榮認錯道歉說明。那我呢？只要連美雅在心中發出吶喊，李向榮的聲音就會出現：寶貝，把「我」拿掉。

李向榮的自白說，他與女研究生來往一年半。女研究生的媽媽問：在哪裡發生？李向榮答：大部分在我家。

連美雅抽掉了害怕，開始期待。

李向榮說他們是真心彼此相愛，他一直想找機會與太太溝通，真正負起責任。女研究生的爸爸問：怎麼負責？李向榮答：我會離婚。

連美雅覺得自己應該會暈倒或是抓狂，但是都沒有發生。散會，整理記錄，下班回家，連美雅打了電話，李向榮關機。「我把我拿掉了，我只是單純想知道，到底發生什麼事？」連美雅發了簡訊。但這則訊息裡就有三個我。李向榮不讀不回。

李向榮辭職，女研究生休學，李向榮離婚，帶著女研究生一起回去美國。（那我呢？寶貝，把「我」拿掉。）茉莉也搬了家，大概是繼續去流浪，但從那天之後，茉莉的ＩＧ沒再更新過。

連美雅曾經想了幾晚，要不要把手機和電腦裡那些和李向榮的自拍合照、那些簡訊截圖波上網去，或寄給系主任，或透過ＩＧ私訊寄給茉莉，但這無疑是昭告天下我沒人愛。

寒假就要開始，除夕夜又要到了。

連美雅決定離職，倒數第二個上班日她以收拾物品為由，在辦公室待到大家都下班，天色暗下時她搭電梯上了教師研究室那一樓層。所有我職責內的垃圾都該被清理乾淨，她想。果然，李向榮辦公室門上的名牌還未被拆下，當然上面的名字不是李向榮，而是原姓原名：高永健。

連美雅再也不需要為他罩上一個掩飾的假名。桃色風波之後，高永健的惡名昭彰事蹟在其他同事和研究生之間流傳。其實他早已是慣犯，在上一所大學任教的時候，搶了別的系所教授的老婆，也就是茉莉，什麼在美國搶了哥哥的未婚妻那套說詞，可能是更上一任的故事吧。茉莉也夠狠，聽說離婚後出國避一下風頭，一回來就和高永健再婚了。

聽過這些流言後，連美雅很怪異地不再對茉莉懷有愧疚感，好像高永健從來不是誰的所有物。她把印著高永健三字的黑底白字壓克力名牌從門上的溝槽抽了出來，很快這兒就會再插進新主人的名字。

她把名牌放進自己的文件夾裡，下意識看向走廊上的監視攝影機。她想留下紀念，卻不想留下紀錄，在這整個事件裡，她更像個攝影機，知曉一切，卻從不在畫面裡出現。這不正是完美的全身而退嗎？這不正是高永健掛在嘴邊的「把我抽掉」嗎？

物理上來說，連美雅真的把寫著他名字的名牌抽掉了，她走到走廊盡頭，把那牌子丟到塑膠類回收桶，並告訴自己，不要回頭，監視器在拍，不要回頭，沒有什麼好紀念。

社區的佈告欄上，連美雅曾經夢想入住的 A 棟十七樓之一貼出吉屋出售，看屋請洽管理室。事實上，有幾次知道茉莉不在家，連美雅曾好玩地想，學高永健從地下室爬樓梯上他們那棟的十七樓，去按門鈴嚇他一跳吧，若真這麼做，而女研究生就在裡面，她會跳上前去呼巴掌扯頭髮，還是會一秒切換成只是來送個開會通知的美雅助教。

現在她反而慶幸自己沒那麼做，為什麼？因為那會讓他們結束得更快而已。

連美雅以幫父母看房為名，跟管理員拿了鑰匙，搭著電梯，進入高永健與茉莉以前的家。沙發、電視櫃、書櫃、書桌、主臥、床、浴缸，連美雅一一拍下照片，雖然她不知道拍了要做什麼。

客廳的大面落地窗，面對一覽無遺的河景。這是我的！她已經不想再去理會什麼把我拿掉那套。這房子是我的！老師是我的！李向榮是我的！高永健是我的！她任由自己無止盡地對號入座。

「當你什麼都沒有的時候，反而要開心，因為你就自由了。」這次出現的，卻是茉莉的聲音，雖然連美雅從沒聽過茉莉的聲音。而隱隱約約，她看得到河面上有個小小的黃色救生圈，已經遠離了她，正在漂向太平洋。

3 出來事

一次就好了。

就算這麼想，若沒有決心，就會變成，再一次就好了。「再」字不代表再一次，而是無止盡地一次又一次。

連愛鳳當時只是說了兩個字：進來，意思是要謝安得進被窩，沒想到一切猶如全自動模式般，謝安得進入了她的身體。

而且完事後他說：沒差別。他指的是四十五歲的身體與其他年輕女孩沒差別，這是讚美吧。她沒刻意保養，但該在的都還在。謝安得二十二歲，只比她兒子大一些，當然，如果兒子還活著的話。

但她覺得有差，她並沒有得到年輕時的愉悅快感，並且她知道原因出在謝安得，幾次想要伸出手來帶領他，又想到這樣可能會越玩越大，於是打消念頭。

性對連愛鳳來說已經可有可無，畢竟來京都真的為了要學日語，曾經想過就算有豔遇也應該是在酒吧被日本歐吉桑搭訕然後去賓館休息然後就各自回家煙消雲散那種，但那種的反而一次都沒發生，更正確地說，是她不想。

連愛鳳有天在飲酒會上喝多了，對著一桌可以當她兒子女兒的同班同學說：只要我想，應該都可以發生。班上雖然台灣人中國人占了多數，但還有韓國人法國人西班牙和義大利人，所以她又用日文豪氣地說了一次。掌聲雷動，吆喝砍敗砍敗（乾杯），二十歲的動漫迷韓國小帥哥稱她 ma ma，他說在韓文是皇太后娘娘的意思，不是真的叫媽，發音比較像兩個二聲麻麻，在那之後全班連同老師都叫她麻麻。班導是個冷面笑匠中年大叔，他說叫麻麻還可以，若真的叫一聲加輕聲的媽媽，就像在酒店叫媽媽桑太尷尬了。大家又起鬨所以老師你去過酒店齁。在日本上語言學校這回事，大概就是這麼歡樂。

在那之前大家客氣地叫她愛鳳桑，華語圈來的學生，一般以姓氏加上桑，如陳桑劉桑張桑，謝安得是謝桑；其他洋人則有凱文桑凡妮莎桑尼可拉斯桑，連愛鳳自我介紹時即說我出生時還沒有 iPhone，但我爸媽把我取名為愛鳳，從此她成為 iPhone 桑。名字已經夠招搖了，如果人再招搖，就有點騷包了，所以她盡量低調，當一個提早退休潛心學習的精進阿姨。她不再年輕了，日文也沒有年輕人標準流利，她只是來圓一個旅居海外的夢，並且再造一個移民日本的夢。

飲酒會一學期大約兩次，通常選在學校外大馬路上的二樓連鎖平價居酒屋，從炙燒五花豬、蔥雞烤串、馬鈴薯沙拉、淺漬小黃瓜、雞蛋蔥花粥雜炊到各種生啤、梅酒、氣泡酒都是日幣二九八加一成，附近除了語言學校還有兩所大學，來的都是年輕人，併了沙發卡座面對面做成兩長排，音樂很大聲，每桌的人講話都很大聲，喝了酒之後講話更大聲。無禁菸區，同學中抽菸的人超過一半，包括連愛鳳，菸味加上燒烤味兩三小時下來都能穿透毛衣發熱衣緊緊吸附在內衣褲上，更別說大衣和圍巾得放在陽台吹風兩天氣味才會散去。

但自那複合式商業樓房（稱不上大樓，因為只有三層樓，一樓通常是超市或麥當勞）走出來後，又是寧靜的、冷冽的京都夜，大家各自牽了腳踏車，各自回自己的學生套房。連愛鳳知道有些感情好的女孩會約了回誰房間繼續聊天，或信步走到鴨川邊繼續說心事，但她還沒有那樣的緣分和交情，就算有幾個特別瘋的約了要繼續唱卡拉ＯＫ，她也會說我年紀大了，要睡覺了。但也許是在居酒屋熱鬧喧囂的空氣聲響中浸泡太久，明明又臭又睏，連愛鳳還是常常會覺得意猶未盡，她大可叫個計程車到市中心的大人酒吧，但她通常選擇在便利商店買了一兩瓶酒和米果毛豆等下酒菜，回到小套房沖完澡後配著電視獨酌。

她住在學校北邊的鞍馬口，地鐵一站，騎腳踏車約十分鐘。三層樓公寓隔成十來間套房，雖說不上高級，但也不是一般留學生負擔得起，其他住客大多是小家庭或上班族。當初沒選學校簽約的學生套房，一來錢對她不是問題，二來是她無法肯定會不會偶爾帶人回來過夜。

謝安得是第一個。這是第一年的下學期，課程約進行了九個月。

之所以發生，應該是飲酒會之前的口頭發表課。這是一家課程規劃完善的語言學校，聽說讀寫面面俱到，閱讀、文法、作文、會話，都由不同的專業老師授課。每週五下午最後兩堂課是綜合口頭報告課，用來檢視你這週的學習成果，也就是能不能完整流利地表達，有時是重述歷史事件，有時是對地球暖化或少子高齡化發表個人意見，總之硬得很。

老師是個精通英文、法文的日本女性，若不是從偶爾的對話或造句中得知她已結婚生子，可能會以為她是到處旅行的不婚主義新女性。

那天的口頭發表主題叫「出來事」，日文漢字寫成出来事（できごと），與出來無關，比較像出事，就是一個事件、一個意外、一個發生。

老師舉的例子是，小學五年級的女兒在學校無故被同學排擠，她去學校跟老師溝通之後並未獲得解決，去找起頭的同學的家長，也無法溝通。於是她迅速決定讓小孩在家自學，不要去學校，現在女兒自己訂定好學習計畫，自己讀書找資料，也自己看展覽做筆記。從這個事件她知道，學校不一定是好地方，老師也不一定是好東西。

發生就是發生了，結局不一定好壞，但最後必須加上你自己的獲得。老師補充。

接著分組，兩人一組，不是自己發表自己出的事，而是像閒話家常一樣，講給對方聽，由對方整理覆述，再對全班發表。分組的方式也很活潑，這一次，老師帶了各種口味的水果軟糖放在紙袋裡，每種口味有兩個，讓同學們隨機抽一個，抽到相同口味的兩人便是一組。

連愛鳳與謝安得在共同抽到蜜柑之前，並沒有講過太多話，戶外教學、分組報告由於華語圈學生需拆散，也從未在同一組。課堂上討論時，即使同國籍也禁止用母語交談，老師在教室巡著，時不時警告：中國語禁止，請用日本語。

斷斷續續學過一些日文、入學面試也晉升到中上級的連愛鳳，零零落落地用毫無邏輯的日文說著自己的一次出事，謝安得在筆記本上逐句記下。然後，換謝安得說。但謝安得沒開口說，只是速速地在筆記本上寫了一頁左右的發表稿，給連愛鳳。

連愛鳳讀完，用日文問：「是真的嗎？」

謝安得答：「是呦。」

時間便到了，她沒有太多時間消化整理。各組輪流上台，一共六組十二人，順序按照水果大小：西瓜、哈密瓜、蘋果、蜜柑、草莓、葡萄。

西瓜哈密瓜蘋果三組六人大概說了些在京都腳踏車亂停被拖吊還要罰日幣兩千多、去鴨川三角洲跳石頭野餐結果三明治被烏鴉叼走、去歐洲旅遊還帶泡菜真空包結果在行李箱整個爆開全程衣服都散發泡菜味遠遠人家就知道他韓國人……等等。

連愛鳳沒辦法專心聽，埋頭苦練把謝安得的手寫稿念順，終於，輪到他們這組，謝安得像看出她想早死早超生的意念，要她先上台。

這是一個台灣地方人物A桑的故事。

A桑有一個幸福和樂的家庭，有次去中國大陸出差時，和朋友去廣州東莞的夜總會玩，一時瘋狂還付了錢把一個小姐帶出場。他回到台灣以後，那個小姐打來電話說她懷孕了，而且她已經愛上他了，所以要把小孩生下來。A桑在台灣已經有了家庭，無法對她負責，只能寄錢給她。就這樣持續了七年，A桑的太太和家人都不知道這件事。直到有天匯款的收據被太太發現了，太太非常生氣，覺得她丈夫真是個巴嘎大笨蛋，一定是被騙了。兩個人飛到東莞那家夜總會去找那小姐，結果，那個小姐生下小孩後就跑了，小孩七歲了，一直被放在夜總會裡養，A桑匯的錢全都匯到生母那裡，小孩只能吃一些剩飯剩菜，但也長到七歲了，沒上過學，連話都不太會說。A桑的太太第一眼就無話可說，因為那個小孩根本跟她丈夫長得一模一樣，經過一長串手續，小孩被帶回台灣撫養。

那個小孩就是，謝桑。

他的心得是，能活到現在、能在這裡遇見大家，真的是很感謝的事。

最後的結語很日本，連愛鳳不知是緊張還是感動而微微發顫的聲音也很讓人動容，女老師不知是過敏還是感動吸了一下鼻子，對謝安得說：「謝桑，你辛苦了。接著，麻煩你報告。」

愛鳳桑去燙頭髮了，這是二〇〇二年。

因為那陣子韓國電視劇《火花》很紅，她被周圍的人說長得很像女主角李英愛，所以決定去燙一個跟李英愛一樣的髮型。

那時是下午，她的兒子還在睡午覺，她請隔壁的太太過來幫她看著兒子。那一天，她燙完頭髮後沒有馬上回家，因為家裡附近有個高級百貨公司，叫做老虎城，在今天開幕了，她想要在今天就成為VIP，所以進去買了好幾個包包和好多衣服，也有給兒子的。回到家，隔壁的太太躺在沙發上睡覺，她問：我兒子呢？那位太太迷迷糊糊醒來，說不知道。兩個人樓上樓下找，最後找到兒子，小小的三歲的兒子，在游泳池裡，已經斷氣。

愛鳳桑再也不燙頭髮了。所以現在才能看起來跟大家一樣年輕。

這一次，女老師真的哭了，一邊說著苟沒苟沒（抱歉抱歉），一邊眼淚撲簌簌狂掉，留著直髮齊耳學生頭的連愛鳳走過去攬著女老師，好像老師才是失去兒子的母親。有人聽到你的故事在為你而哭，而你早就已經好了，你甚至長出力量來安慰他們，為他們示現如何活下去。這才是連愛鳳的心得。

那堂課沒能讓草莓葡萄組發表完，下課鐘響，老師以鼻音感謝大家精采的發表，要他們去居酒屋放鬆一下，而她自己則必須回家陪伴在家自學的女兒了。

在一群人走往居酒屋的路上，謝安得突然靠過來，對連愛鳳說了一句：「受過傷的人最危險，因為他們總能履險而倖存。」

「這是什麼？」

「是我之前在電影裡看到的一句話。」

「什麼電影？」

「《烈火情人》。女主角對男主角說的。」

謝安得剛剛說故事像在說奧義書或佛經裡的故事一樣，前面加上一句如是我聞都不違和，但現在突然來了這麼一句文藝腔對白，連愛鳳不知道怎麼接，只能以聽起來人很好的台灣腔客氣地說：「你好像看很多電影齁？」

「我大學讀電影系。」

句點。

走在他們後面的台灣年輕女生，原本跟西洋人說著日文，似看出連愛鳳的尷尬，用中文笑著往前喊了一句：「麻麻，你不要理他啦，他很會句點別人。」

「是哦。」連愛鳳含糊應了一句。

也是句點。好險居酒屋到了。

進到店裡，連愛鳳和謝安得很自然地坐在一起。班上其他人對於兩人的故事除了用日文表達您們辛苦了，也不好意思多問或多說，於是這次的飲酒會，大夥反而無法暢飲暢聊裝瘋賣傻，在略帶尷尬的氣氛下，玩了一些諸如猜電車站名的遊戲，即草草結束。

回到學校門口牽腳踏車，是連愛鳳主動對謝安得說：「我還想喝一點，你要嗎？」這是同學、或是職場大姐、或是媽媽在早餐時詢問要不要再喝點柳橙汁的語氣？謝安得分不出來，但他點點頭，因為他的確想。

兩人一前一後騎著腳踏車，回到連愛鳳的住處，在樓下的便利商店買了一瓶比較好的威士忌，一瓶氣泡水，兩種不同口味的米果和起司。

「嗨波魯（Highball），可以嗎？」連愛鳳問。

謝安得點點頭，手上拿著一瓶無糖茶飲、一小盒牛奶，連愛鳳示意他放著，她一起結帳就好，謝安得乖乖地把飲料放在櫃台，連愛鳳再把牛奶拿還給他，說：「牛奶家裡有。」

喔，是媽媽了。也是厤厤太后。謝安得乖乖把牛奶放回冰箱。

連愛鳳房裡有一張單人床、一張名為雙人但其實一人坐剛好的沙發，垂直排列，中間是小茶几，一開始連愛鳳坐床上、謝安得坐沙發，只是說些日文學得怎樣的寒暄話；後來兩個人都坐地上，還是像手上少張稿一樣，不知從何聊起。兩人只是看著Nikka威士忌、氣泡水和冰塊，甚至冰塊融化時發出清晰的哐一聲，都成了話引子，連愛鳳笑了一聲，說：

「我很喜歡這聲音。」

然後便又安靜了。現在有兩個選項，一是讓它快點發生，連愛鳳很有把握能讓這件事成為出來事，但她沒把握的是自己到底想不想；二是這杯喝完就請他回家，但她對此選項反而猶疑，她並不想讓他回家，卻又不知把他留在這裡可以幹嘛。好好地跟一個句點相處，應該算是一種安靜的陪伴吧。

她選了第三條路，拿電視遙控器開了電視。

但卻看不到五分鐘便發懶，起身說：「你可以自己轉台哦，我要先去洗澡了。」洗澡不是性暗示，也不是下逐客令，比較像是對從外地來借宿的外甥那樣的語氣。愛鳳阿姨真的拿了換洗衣物進了浴室，電視停在漢字能力檢測益智節目。

她出來時電視已經關了，謝安得把筆記型電腦放在小桌上，螢幕裡的圖像放大縮小翻過來翻過去，是在打電動吧，雖然看起來更像在畫建築設計圖。他把螢幕轉向她。

「你看。」

一座灰色建築物，像複合式商場，看不出是哪裡。看她沒什麼反應，他再縮小一點，像是把鏡頭拉遠，露出這商場周圍的高樓大廈，連愛鳳有點熟悉了，她想起這是哪裡了。

「這是什麼？」

「老虎城。」

「我知道，我是說，這個……你們怎麼說，這個軟體或 A 批批是什麼？」

「只是地圖而已，Google Map。你不用的嗎？」

她搖搖頭，才意識到自己頭髮還包著毛巾。

「地圖都在我腦裡，我方向感超級好，所有我住過的地方都有一張地圖在我腦裡，」她指著螢幕裡的台中，「不過，台中變化太多了，以前房子沒這麼多。」

「你還記得以前的家的地址嗎？我可以讓你看。」

「不用看，不在了。」

她沒回去過，但台中的友人好幾年前傳過來一張照片，那一整排獨棟電梯別墅來到街角的邊間，少了一棟，好像整排牙齒缺了一顆，不見的就是他們家的88號，夷為平地，連同旁邊的畸零空地，整合成一個私人收費停車場，更妙的是停車場的邊邊，留了大概只有半公尺寬的空地，仍是農田。從以前就是這樣，原來不變的還是不會變。大地主大家族不知怎麼分配的，這老農夫就是只有分到這狹長的一條土地，不知是不甘心不願賣、抬高價賣不掉，還是真心真意守護家園，總之他種了一排玉米，每天騎著摩托車從更遠的地方來巡田。她還記得，以前若朋友來得多，不小心把車停超過線了，老農夫會來按門鈴開罵。

台灣最美麗的風景，絕不會是人。對連愛鳳來說，曾經最美麗的是現在電腦螢幕中那片房地產。隨便一查，多的是種田人一夕之間變成億萬富翁的傳奇，但為什麼那個老農夫死守那幾株玉米呢？是在不甘心什麼？

砰。連愛鳳把年齡不到她一半的語言學校男同學帶回家來又什麼都不跟他做，又是在不甘心什麼？坐在地上滑著電腦這個年輕男孩就像那排可憐的玉米，只是主人執念的證明。放手吧。

「你住哪裡？」連愛鳳把毛巾從頭上拿下來，空調暖氣正好罩過濕潤的頭髮，一道舒服的暖流。這是京都式的逐客令。

「我在一家台灣人開的青年旅館打工換宿，就在這附近。」懂事的男孩迅速收拾電腦和背包。

「我沒有要你走，我只是問你住哪裡而已。」連愛鳳急著補充。

「這是建前？還是本音？」

謝安得混著中文和日文說，建前，Tatemae，指的是言不由衷的場面話，本音，Honne，才是內心真正的想法。

連愛鳳沒有直接回答，只問：「青年旅館，有你自己的房間嗎？」

「有，櫃台後面的倉庫有一張床。」

連愛鳳突然想起今天報告裡的那個住在夜總會的小男孩，輪到她發表時她其實很緊張，只能照著稿子和謝安得貼心標上的每個拼音，不帶感情平板地念過去，來龍去脈可能也只理解百分之六、七十。兩個人在課堂報告上互相分享了最私密最難堪的身世與往事，寫成那半頁紙的故事大綱，用外國語言念出來，然後就結束了。畢竟這兒是語言學校，不是心理諮商室，更沒有要拍電影。

謝安得已經穿好外套包好圍巾，手上拿著手套。很好，這孩子至少會照顧自己，不會冷到。送他到門口時，連愛鳳幾乎是沒經過大腦地脫口而出：「那邊，很熱嗎？」

「青年旅館嗎？」謝安得表情疑惑。

「不是，我是說，東莞。」

「其實我已經沒什麼印象了，我的記憶都只有在那個房間而已。」

「那你已經好了嗎？」

「好了？是指？」

「嗯，就是你想起來的時候，還會覺得難受嗎？」
「好像不會，我好像沒有難受過，只是會覺得奇怪。」
「對什麼？」
「我為什麼會出生？」
「有答案嗎？」
「有。」
「什麼。」
「福報。」
連愛鳳笑了，像看到小小孩說大人話一樣，因為心疼而發笑。
「這是我媽媽、應該說是養母，從小一直告訴我的。」謝安得補充。
連愛鳳不知為何眼睛熱了，對於這個小孩有被好好對待感到無限感謝，她伸出雙手，有點尷尬、但努力做得自然，像一個阿姨的抱抱，謝安得隔著好幾層厚衣服，拘謹有禮地擁抱。然後，連愛鳳說：「住下來吧。」

謝安得躺在沙發前的地毯上，身上蓋了自己的外套、一條毛毯和一條涼被，加上暖氣，照理說應當不會冷，但據說京都的冷不是由外面的空氣冷進來的，而是從地底無數的水道冷出去的，所以謝安得仍冷得翻來覆去，連愛鳳被他擾醒了，並無遐想，理所當然地，把自己的身體往床邊移，對床下的他說：「進來。」

然後就開始，然後就結束。

「你要沖澡嗎？要兩個人一起？還是你先或我先？」

謝安得真的是個好小孩，難不成是小時候在酒店的薰陶。

「不要，先別動。」

他真的不動。

「其實，我也覺得很奇怪。為什麼我兒子會死掉？那時候是二月，游泳池應該是沒有水的，可是為什麼水會放得那麼滿，為什麼我兒子會摔下去？然後我的男朋友、也就是我兒子的爸爸，他一點都不悲傷，他給了我一大筆錢，說我們結束了，說我還年輕要我重新開始，我也這麼做了，我跟自己說我要往前走，我已經好了，但是回頭一想，還是會覺得，真的很奇怪。」

連愛鳳已經眼淚鼻涕流滿面，謝安得伸手抽了兩張衛生紙，遞給她。三分鐘前他才抽過一次，那張用過的就丟在床下，他提醒自己待會要記得丟。待連愛鳳平靜，他先自己進浴室沖了澡，然後擰了熱毛巾拿回床上給她。

「謝謝。」她說，起身下床，洗了澡。那晚他們相擁入睡，連愛鳳已在腦裡勾勒著早餐盤，但天未亮，謝安得便起床，穿戴好衣物，像個要提早到校幫忙盯早自習的好學生。

「今天有人六點要退房，我要回去處理。」

於是謝安得早早退房了。

一次就好了，連愛鳳這麼想。就是一個事件、一個意外、一個發生。

到學校後，他們一如往常，同學們也沒人再提起他們發表的故事，太私密了，我們只是相處一年半載的語言學校同學，之後就各自飛了，不需要知道那麼多。包括連愛鳳和謝安得，他們雖然彼此不主動也不拒絕、後來又自然而然地共度了幾夜，但仍保持著拘謹有禮的尺度，沒再提起東莞與台中。

不過，隨著時間一久，又度過了一個聖誕加新年假期，兩人之間也發展出一定默契，例如共同的小暱稱，不是對彼此的，是對京都那些巷弄小店。河原町今出川通路口那家樸實蕎麥麵店，因為湯總是很熱，他們便稱「熱熱蕎麥麵」；偶爾想吃好一點，便往北走，到烏丸通北大路通交叉口、發音為畢布雷的VIVRE商場，裡頭有家專賣各種肉品與黑啤酒的餐廳，他們直接稱「好一點」。

「今天想吃好一點嗎？」一頭這麼問，另一頭便接住。好一點的樓下是家大超市，有個週五晚上他們吃飽後在超市遇到幾男幾女同班同學，大家也見怪不怪，沒什麼好猜測，反正沒牽手沒親親就是海外一家親。同學們買了一些特價熟食和廉價紅酒說要去鴨川邊，邀他們一起去吧，連愛鳳說自己年紀大了要休息了，她要謝安得跟他們去，謝卻還是跟著她回家。

那晚，他們發生了介於母子和情人之間的略略爭吵。

連愛鳳問謝安得為什麼不跟同學去玩，謝安得回答：「我只是想要跟你在一起。」

越線了。

兒子小小的時候常說的話，好像那天她出門燙頭髮前兒子也說過一遍：「馬麻我要跟你。」不，不對，那天兒子明明是在午睡，她出門前還去確認過了，睡得很熟。

「可是我沒有想要跟誰在一起。」連愛鳳只能先把話說死。

「我知道，我指的是，現在，現在我想要跟你在一起。」謝安得難得激動，用手指用力指著下方，意指現在，但那方向也落在他的下體。連愛鳳看了一下，並無她眷戀的東西。

他們原本買了蛋糕，打算來個深夜甜點咖啡配日劇通宵的，連愛鳳直接把整盒蛋糕從冰箱拿出來，要謝安得今晚回去吧。

謝安得打開紙盒，拿出一個蒙布朗，說：「這個你的。」要說單純也是，說無情也是。這兩個東西本來就很容易綁在一起。單純的人就是進去得快，出來得也快，連愛鳳不擔心謝安得。

分完東西，就像分手了，不吵不鬧。接著的兩個禮拜，兩個人又回到出事之前的拘謹冷淡，教室相見只剩下早安午安辛苦了等等問候。

二月底，女兒連美雅寫了email來，說是辭掉了工作，想去旅行。

如果你方便的話，我可以去找你嗎？

連愛鳳漸漸知道她有一種把周圍的人變得不熟的特殊能力，從父母開始、弟弟、情人們、姊妹淘們，然後是女兒。算一算她二十八歲了，她們上一次見面是十年前，母親的告別式，母親很會選日子，告別式後，連愛鳳還順便參加了連美雅的高中畢業典禮，她們拿著花束拍了好多照片，好像真的如連美雅所虛構的，一個事業有成、久久才能回來一次的台商媽媽。她還參加了謝師宴，去演出一個保養特別好、打扮特別有品味的媽媽，對她而言只是一小片蛋糕，而女兒本來就文靜，加上不熟就更沉默，但她發現到，女兒會很自然地面露微笑，這是好學生被自然馴化的表現吧，真是好事。

其實她到底在幹什麼，其他人一點都不知道。葬禮期間，她住的是街上的商務旅館，親友和街坊鄰居只能從訃聞八卦一二，往生的老太太沒有女婿，有一同姓連的外孫女，是離婚還是偷生，大概就有八個版本。但一切耳語會隨葬禮結束化作灰燼，女兒也終於到了台北開始自己的新人生。幾年前女兒大學畢業時，連愛鳳曾傳訊息給她，如果需要她出席的話，她會買機票回台灣。

不必麻煩你了。

女兒已經很適應沒有她的世界，這句話的本音是你不要來給我製造麻煩。而現在是：

如果你方便的話，我可以去找你嗎？

一整個是商務日文的敬語基礎句型。雖沒有聽到聲音，可以想像十年未見的女兒的聲音，就跟日文教材ＣＤ錄製的那些要約拜訪客戶、約指導教授面談的生澀羞怯女聲一樣吧。現在長什麼樣子呢？她浮現的也是課本上穿著套裝和低跟鞋的插圖。弟媳婦曾經寄來女兒工作後的照片，不知道為什麼好好一個二十多歲女孩要穿得像親家母。連愛鳳一向是積極派的，她問了女兒的地址，寄了一批日系森林風衣服裙子過去，還有一些專櫃化妝品。

後來又寄了多次，寄到地址已經可以背起來，女兒沒拒絕，應該是還算喜歡吧。女兒要來找她了，沒說何時，沒說待多久，她先丟了一個歡迎光臨的貼圖過去，然後把那句話貼給謝安得。

如果你方便的話，我可以去找你嗎？

現在是週日的傍晚，應該該退房該入住的，都差不多忙完了。謝安得回傳了位置，連愛鳳在腦中快速建立地圖，啊，原來這麼近。

那是一家巷弄裡老町屋改建成的青年旅館，一樓是櫃台、公用廚房和衛浴，二樓隔成許多間小房間，還有男女上下舖房。連愛鳳買了一些麵包過去，謝安得剛接待完一組外國人，帶她參觀了一下，到廚房裡把麵包切盤，配上一點水果和生菜，倒了兩小杯紅酒，說都是客人留下的，請別客氣。

連愛鳳有部分又被收服了，但她已知道如何駕馭。如果這半小時到一小時是如此美好，就讓它本該如此，好好享受，不要害怕結束或失去，不要想著複製或延長。

「如果我跟你一樣年輕，真的會愛上你哦。」

「還好沒有。」謝安得把紅酒放回冰箱，幽默回應。

連愛鳳來，是為了正事。她拿出一張便條紙，遞給謝安得。

「你可以幫我查一下這個地址嗎？」

新北市永和區環河西路二段……

謝安得拿出筆電，很快地叫出三百六十度照片，公寓大廈正對著河岸，看起來是不錯的住宅區，但門前密密麻麻一長排機車，仍讓人頭昏。謝安得點了地圖旁，一個像時鐘的小圖示。

「這是什麼？」

「時間軸。」

從二〇一二年開始被記錄，接著分別是二〇一三、二〇一五、二〇一七。只有二〇一七年的拍到了騎樓隱約有兩個人影，謝安得放大了。

「有你要找的人嗎？」

仔細看，只是兩個背書包的小學生，頭部模糊處理。

「靠這樣找人，也太困難了。」

「不一定哦。」謝安得快速操作，他鍵入了一個地址，出現了鄉間道路上的廠房，以及廠房後面的一棟獨門獨院別墅。門口矗立著兩塊招牌：愛鄉有線電視，縣議員某某某服務處。

廠房前停著一台黑色的BMW730，一個臉部模糊處理但大肚腩很好辨識的男人站在車旁抽菸。

「我爸，和他的車。」

他又點了最初的二〇一二年，大肚男在門口燒金紙。那時有另一塊小一點的招牌，寫著鄉民代表服務處。

「還是我爸，這個，我的腳踏車，然後這棵樹是我國小自然課種的。你再看哦，它在二〇一五年就不見了，因為它死了。」

連愛鳳也看得有點入迷了，如果把她四十五年來的足跡都一一鍵入，會不會看到某年某月某日在某地的自己呢？

謝安得跳回到永和環河西路，「這是你以前的家？」

「不是，是我女兒。是她現在的家。」

連愛鳳看著謝安得略略驚訝的表情，他沒有馬上大叫，果然是經過大風大浪的孩子。

「她，很大了嗎？」

「對，二十八歲，可以當你姊姊。」

謝安得沉默了一下，顯然是在心算。

「對，我十七歲時生的。」連愛鳳幫他回答了。

她自己移動了滑鼠，點了「立即出發」。從永和環河西路到京都鞍馬口，路線規劃上出現小小的汽車、飛機，與電車圖示，上面標示：直達航班，飛行時間兩小時五十分，總共耗時五小時二十分。

「她就要來了。」連愛鳳說。

4 街景服務

生命中找不到的答案，可以在電影裡找到。

謝安得國中就被送到了雲林的私立教會中學，十三歲就開始住校，這對一個酒家女產下的私生子來說，無疑是最好的處置，說出學校名字且會讓父親及其元配讓人感覺有在花錢，有在栽培，而且小孩肯上進。父親剛選上鄉民代表會主席，黨內有意栽培他選下屆縣議員，他也有在花錢，所以不能再添亂。

有了目標，走起路來就光明正大許多。父親和他都是。國中的目標叫直升，高中的目標叫國立大學。老師認為憑謝安得的實力要考個法律財金企管不是問題，這對三個同父異母的姊姊來說簡直外太空。

姊姊們從小請家教、學作文、學珠心算，功課就是上不去；學鋼琴、學跳舞，也是半途而廢，「幹，錢拿去幫老師蓋房子的」，偶爾他們父親心疼那些繳出去的學費時會這麼說。如此一來便剩最後一招，想辦法塞進去護校，把身材臉蛋顧好，投資一點化妝品，加上家裡在地方有頭有臉，沒意外的話，幾年後就可以嫁醫生。這條生產模組的第一個案例成功了，大姊嫁給大醫院在小鄉鎮分院的醫師。二姊三姊也已在路上。政治家岳父加醫師女婿，不會錯的公式。對姊姊們來說，可能比記數學公式再簡單一點。

她們的媽媽，謝安得也叫媽媽。她跟自己的女兒不一樣，出身貧寒農家，在田裡長大的小孩彎得下去，什麼都肯做，嫁進地方政治世家，看似高攀，其實是夫家撿到寶。她為女兒們安排出醫師娘生產線，是因為「你們吃不了苦的」，也因為「吃苦就吃到我這一代」。

媽媽有很多金句，謝安得最常聽到的是這句。

「這是你的福報。」

每個週日傍晚，媽媽會親自開車載謝安得回宿舍，那段時間的高速公路總是塞車，空白尷尬伴隨無盡的車尾燈無限延長。媽媽會把他如何能夠從夜總會充滿菸酒嘔吐物的化妝間被帶回來在這個家庭成長的前因後果再講一次，不像是抱怨，只是再一次說服自己，以假設句組成，若逐字打出來會像詩。

要不是你是男生
要不是我生的都是女生
要不是我發現那本存摺
要不是我堅持去看
要不是我為了顧你老爸面子
要不是我跟你爸說要養就要好好養
總說一句

這是你的福報（結論一）

我也無話可說（結論二）

「這是汝的福報，我嘛無話倘講啦。」媽媽說這句話的時候眼睛總會映射出前面那台車的紅色車尾燈。下交流道，進入學校所在的小市鎮，謝安得在校門口下車，一個人提著行囊和水果，走進校園裡的宿舍。有幾次他回頭，看著媽媽的車，如果福報是像電波一樣的東西，他心想，他也願意傳送一些給媽媽。後來在圖書館裡一本講心想事成的書裡看到，發出的每個願望都應該越具體越好，他看著媽媽的車，具體，他想，請保佑媽媽平安回到家。

謝安得無意外地考進了第一志願法律系，家外面圍牆貼滿了祝賀紅紙，父親的助理放了鞭炮，家裡自己開的地方新聞台還到高中採訪校長老師，採訪謝安得時他也得體地說：感謝爸爸媽媽給我的栽培。而爸爸則永遠是那一句：愛拚才會贏。

過了幾個月，他突然知道了，原來那叫過場畫面。再回想起來，就像MV一樣，絢爛的畫面如流水般一閃而過，在電影裡，這用來交代時間過程，代表一段時期結束了，要進入下一個階段。

他在大學加入電影社，是因為學長告訴他那句：生命中找不到的答案，可以在電影裡找到。學長問他人生到現在有沒有什麼疑問？他說有，我想知道，我為什麼會被生下來？

學長說，我第一次聽到五月天演唱會的時候，覺得我是為了聽演唱會而生下來。看到好看電影的時候，覺得我是為電影而生。吃到好吃的剉冰的時候，也會覺得我是生來吃冰的。但是你有沒有想過，你是帶著什麼出生的？

帶著什麼？謝安得不懂，就他媽媽的說法，他不就是贏在有小雞雞嗎？他羞怯地丟出那兩個字，「福報。」

「阿彌陀佛。」學長說，「就像＊＊＊＊說過，我是穿著西裝降生的。」

學長口中的＊＊＊＊有五個音節，是一個外國人名，謝安得不好意思要學長拼給他聽，回到宿舍便上網鍵入「穿著西裝降生」，查到這位詩人歌手李奧納．孔恩，到下次與學長見面時，他已經可以念出幾句經典歌詞。

就這樣日積月累，他感覺自己越來越聽得懂學長在說什麼話，也越來越愛看電影了，而也就在這時，他找到了他的答案。

《巴黎，德州》。德國導演文．溫德斯一九八四年執導的公路電影。映後分享，學長們說著浪遊、逃離、和解、救贖甚至烏托邦，謝安得再也聽不進去了，也沒有心思一個詞一個詞記下來回家搜尋惡補，他腦中只被兩個字縈繞著：銀行。

電影裡，七歲小男孩漢特和流浪歸來的父親展開公路旅行，從加州洛杉磯到德州休斯頓，為了找尋失聯的母親，但他們的目標如此清楚準確。頂著俏麗金髮的母親，每個月固定一天會到銀行匯款給小男孩的養父母，也就是父親的弟弟和弟媳。

謝安得自知，自己的出場，必不像這個放在中產階級叔叔家被養大的金髮小男孩那麼可愛動人；父親也不可能在他七歲那年，帶著他闖蕩過中國幾個省分的公路，去尋找母親。父親後來說了無數次，根本不記得那女的長怎樣，連叫什麼都忘了，但顯然後面這句說謊，不然，錢匯到哪去？

謝安得不知道一部電影給他的震撼那麼大，他當晚馬上搭了野雞車，回到了家附近的交流道，再走了近一小時的省道回家，算起來，這或許是他的尋母歷險的第一程。

回到家時，全家都還在睡。謝安得就坐在父親服務處的走廊圓凳上，像一名等待救援的流浪漢。那時剛發生過台北捷運無差別殺人事件，父母對於謝安得的反常態度竟升起了自然防備，哪怕他要的只是一個名字，一家銀行的地址。

夫妻倆同心跳針了無數次都這麼久以前的事了、你幹嘛沒事突然問這個、你問這個要幹嘛、你不可能找得到之後，爸爸才說了，都是匯到廣東一個台商朋友那裡，再請他轉匯的。精明的媽媽在發現真相之後，找過那台商對質，當然，也要到了那些匯款收據，依媽媽撐持住政治世家與阿斗丈夫的個性，當然，收據也都收得好好的。

媽媽從董事長辦公室（沒錯，她是有線電視公司的董事長）的抽屜裡找出一牛皮紙袋，從裡面拿出一疊匯款單。

收款銀行：中國銀行大理州南詔分行（大理古城復興路333號）

收款人：李金花

從謝安得入胎開始，到他七歲被帶回台灣為止，每半年三萬人民幣，最後那一筆匯了幾倍的數字，意思是這孩子現在歸我們了，就此斷除關係。據說李金花一句話都沒說，因為這些錢已經夠買房子開店鋪，但已經超過十年沒有往來了，這帳戶還存在嗎？《巴黎，德州》裡的媽媽是固定去銀行匯款，時間好掌握，但李金花是收錢的人，現在還有可能到銀行去堵到她嗎？

「你要收好。」媽媽整袋原封不動交給謝安得，臉上卻仍透露著憂疑。

「有人跟你說什麼嗎？」

謝安得搖搖頭。

「如果有人要欺負你，你就說，你是我親生的。知否？」

又一金句。天色剛亮，萬物剛醒，媽媽就能如此有guts，她果然是帶著guts降生的，這比媽媽之前所有說過的話都更有血有肉。學長說你要開始練習影像思考，謝安得想起小學三年級時一家人一起到高美濕地出遊，那天夕陽很美，他蹲在地上找寄居蟹，媽媽抓著小姊姊的手繞圈圈奔跑，那時若能拍下來當家庭錄影帶多好，他在腦中又拍了一遍。

知否？媽媽再重複一次。

謝安得能說什麼？

謝謝。他說。除此之外他無話可說。

「你要這個到底要幹嘛？」提到過往犯過的錯就聲勢銳減不敢造次的父親，終於還是開口了。

「我要拍電影。」謝安得說。

他上網搜尋了「李金花 雲南大理」，金花是大理的女子取名排名第一，因為一九五九年有一部宣揚大煉鋼廠政策的愛情電影就叫《五朵金花》，男主角叫阿鵬，所以大理也有很多阿鵬。

阿鵬來到大理認識了第一朵金花，一見鍾情，交換信物，約好隔年再相見（根本《愛在黎明破曉時》）。但當阿鵬再回來時，進入村子說要找金花，結果每一個金花都不是去年那個金花，他一共經歷了四次找錯金花（根本《雙面維若尼卡》×2），找到第五朵，才又陰錯陽差與第一朵金花重逢。

此謂五朵金花。如果按圖片搜尋，就會跑出五個複製人一樣、穿著民族服飾的女孩，笑臉盈盈站在洱海邊的合照。

謝安得在大一寒假就轉學考進藝術大學的電影系，反正紅紙貼過了、鞭炮放過了，家鄉的人不會關心他在做什麼，父母也沒有面子問題。況且拍電影聽起來是件會光耀門楣的事，前幾年有部講爸爸死掉的電影來隔壁鄉鎮拍，得了大獎，他們家的電視台也做了好幾天的報導，所以當謝安得說需要用家裡的影視製作營業登記，去申請公部門的拍攝補助時，父母慨然應允了。

父親還問他：會不會變成李安？能不能分到錢？

他開始理解父親不是壞人，只是他的世界被有線電視電纜線圈死在這濁水溪流域，到中國去生個私生子大概已經是父親所能做的最國際化的事。他不要、也不可能跟小男孩漢特那樣與父親開著貨車去公路之旅，去各省分理容院找親生母親。

謝安得的計畫叫《東莞，溪洲》，很明顯是對《巴黎，德州》致敬，開宗明義是一部尋母紀錄片。但企劃書只有兩頁，田野，零，已完成作品，零。更別說簡報時話都說不好，更別說「生在東莞長在溪洲」這種競選口號式的文案，還外加一家看起來只拍過一些地方賣藥廣告和競選廣告的製作公司，自然是落選了。

有位好心的評審告訴他，也許可以申請另一個跟流浪相關的計畫，先把素材搜集好。他第一次寫流浪為了找媽媽，落選。看到往年其他獲選提案，有人也寫了認祖歸宗的題目，但包裹在尋找家鄉味的主題裡，於是他有樣學樣，隔年再投，寫了中國理容院夜總會踏查紀行。

還是不行。

謝安得害怕福報用盡，不敢再投。

這些也叫過場，如果整個人生是一部電影的話，或者，單純叫做蹉跎。電影系的實務課程也不輕鬆，與同組同學朝夕相處日久生情，自然而然交了女朋友，下個學期換了劇組再換另一個女朋友，加上同時又看了更多想看與不想看的電影和戲劇，漸漸也把《巴黎，德州》給忘了，他甚至因為迷上日劇而去選修日文，覺得學太慢還去外面的日文補習班學，覺得在台灣沒有練習機會，乾脆留著一堂畢業製作的學分延畢到大五，在這一年去京都讀日本語學校。

雖然只是去念語言學校，但聽起來就是出國留學。父母和鄉親父老眼中的謝安得仍是優秀上進的青年。

剛到日本，開始照著地圖展開新生活。謝安得發現了街景服務的時間軸功能，不只三百六十度環景，還有不同時間點的影像紀錄。只要某年某月Google街景攝影車曾經經過某戶人家門口、某條路、甚至某條巷子，它就會拍下當時的「曾經」。你曾經停在門口的老車、你曾經養過的小狗、你曾經擺在門口的盆栽、你家圍牆曾經被貼過的恭賀紅紙，或者你已過世的父親曾經在門口抽菸。儘管臉部像蓋上一片霧面玻璃般模糊處理過了，仍可從身形穿著認出那個人。

他鍵入了雲南大理那家銀行的地址，地圖如動畫效果般，座標瞬間從京都拔起，降落在中國內陸的雲南，雲南深處的大理。

可是，沒有，連張照片都沒有。

倒是可以看到附近幾家商店的照片，看到陽光灑落、小橋流水，來來往往的遊客與坐在路邊的悠閒老人們，互不相擾。原來，金花住在這樣的地方啊。

很快，謝安得意識到 Google 不存在於中國這件事，他改打了「百度地圖」，果然，一覽無遺的大理古城出現在螢幕上，那根本不只是街景攝影，而是監視器攝影機了吧，畫質清晰，無孔不入。

謝安得甚至可以看到銀行前面踩著階梯正要走進去的人，看到板著臉孔的警衛，看到出來正把錢收進包包裡的人。銀行外的石板路步行街，有幾個穿著跟電影裡的金花一樣服飾的女人，李金花就是其中一個嗎？

他再把比例尺縮小，看到了更多的商店和客棧，段家農家菜、長春客棧、白族人家風味餐、阿鵬烤魚、米線餌絲、乳扇乳餅雲南十八怪、大理三月、懶人書吧、柔軟時光咖啡館、楊記野生菌、藍莓酸奶、玫瑰酥……說是古城，更像是民俗村觀光城，古的只有那些白族屋瓦和白族居民，如果我去做 DNA 鑑定，驗得出來我有一半白族血統嗎？

從街邊那些颯爽磊落晾掛出來的各色大小紮染布裡，謝安得認出來了，他小時候好像的確有過那樣的一條被被，藍色的，很容易褪色，褪在皮膚上看起來就像瘀青，有阿姨以為他被其他阿姨欺負了，還為他在化妝間吵起來。

十幾年都沒想起來的事，竟然被地圖裡的環繞實景勾起來了。

他一邊在日語學校讀書，一邊在青年旅館打工換宿，更多時候就抱著電腦研究各個地方的街景服務。

東莞、溪洲、雲林、台北，現在是京都。我為什麼會在這裡？為什麼有這麼多過場與過客，我能不能快點去到我想去的地方呢？見到我想見到的人呢？

但，那是哪裡、是誰呢？

他還是每天睡前跟著百度地圖上那個攝像頭小人跑，再參考網友食記和點評，他知道有家評價超高的甜點店雇用聾啞人士，起司蛋糕和波士頓派看起來都不輸京都任何一家名店。他還知道洋人街有家美國人開的小館，就叫美國小館，漢堡和義大利麵美味道地，外國遊客喜歡配大理啤酒吃。

而更讓人驚奇的是，他每天在京都面對來來去去的各國背包客旅人，幾乎十個裡面有一兩個會告訴他，我所去過最棒的地方是大理。Dali。

「我媽媽是大理人。」謝安得有一兩次試著這樣說了，對方的眼睛瞬間閃閃發亮。反正我們日後不會再相見，讓你眼睛亮一下也算功德一件，何況我說的是真話。他繼續在地圖上補著他的大理知識，有時候故事會發展到「我媽媽在大理經營民宿」，不能完全說他說謊，已經得到足夠買房子開店舖的人民幣的金花，要開家民宿也是合情合理。亮著的黑眼珠、褐眼珠、藍眼珠們大多只是回應一句帶著欣羨語氣的「真的嗎」就結束，但有天突然有一個問了：真的嗎？叫什麼名字？我下一站要回大理。

謝安得一時語梗，支支吾吾用英文糊弄了正在整修中，聽起來就像個騙子。他想無論如何得掰個名字，最好還是地圖上找不到的那種。所幸大理民宿客棧的名字無奇不有：歸去來兮田園隱宿、千江有水千江月、戀愛的季節、綠皮火車、南瓜馬車、我有酒你有故事嗎、我有故事你有酒嗎……若按字數排列根本是一本卡拉OK點歌本。謝安得做足功課後，決定了，就是這個。

於是不久之後，他與入住的背包客洋人就有了這樣的對話。

我去過最棒的地方是大理。

我媽媽是大理人。

喔，真的嗎！她還住在那裡嗎？

是的，她在大理經營民宿。

真的嗎？叫什麼名字？我很快就會再回去大理。

巴黎德州大理民宿。

哇，太酷了！你在哪裡？我在大理的巴黎德州，聽起來就很有趣。

通常對話會到這邊結束，但這次，遇上了一個跟他一樣是地圖控的旅人。說完很有趣之後，拿出手機，開了百度地圖ＡＰＰ（太專業！），問謝安得：你可以幫我標示出來嗎？

在謝安得戰戰兢兢接過手機的瞬間，青年旅館的木頭窗框拉門被拉開了，滑軸聲響伴隨著門上的風鈴聲，謝安得抬頭，是厤厤，語言學校的同學愛鳳桑，她提著一袋麵包而來，笑得燦爛，沐浴在母性光輝中，他差點要對那洋人說我媽來了。

他把手機還給洋人，被打斷的洋人有禮貌地告退，畢竟門外那一片絕美京都才是他此時此刻要探索的。愛鳳桑救了他，謝安得想，儘管金花不在，卻有某股不知從何而來的母性力量時時都在守護著他。

這時，他才稍微真正明白了福報。

5 京都西紅柿

期待更好的人到來
期待更美的人到來
期待我們往日的靈魂附體重新回來
重新回來

——周雲蓬〈不會說話的愛情〉

直徑八十公分大銅盆，滿滿漂浮著明豔赤焰的乾辣椒燈籠椒花椒，一片大紅中間一顆如手工皂的心型白牛油正慢慢融化。許多人的四川經驗由此開啟，他們從台灣來，一位女記者與一位男攝影師為旅遊雜誌採訪而來。接風的第一餐，當然是麻辣鍋。我說我剛來的時候每天吃，怎麼吃都不膩，腸胃也乖乖聽話沒抗議，然後，好像麻辣鍋就成為身體裡的一部分了，它就在我之內，所以也就滿足了。

「先去試所有你們沒試過的吧，反正，這是會有盡頭的。」

我受訪的欄目叫「達人帶路」，但其實我不是什麼達人，我只是現在正好住在成都，每天從短租的商務旅館散步到繁華昂貴商圈的地下室書店工作。潮牌匯聚、文青勝地、成都誠品，台灣人最快理解的方式。我負責企劃書店的演講，主題多是旅遊，但我已經很久沒移動。

他們下一站要去昆明，我建議他們去大理，列了一串建議玩法與必訪店家。幾天後，女孩傳了戴著七彩編織帽與藍染圍巾，舉著玻璃瓶藍莓酸奶在人民路上的照片給我，訊息是：周雲蓬明天在九月演出！

九月是人民路上一家酒吧兼表演空間，白天是唱片行。其實我沒進去過，但去過大理的人，心中就會有一座大理。我腦裡可以清晰跑過亮晃晃的人民路，九月隔壁的酸奶店、斜對面的詩人書店、湖南蒸菜餐館……路邊總是有紮著嬉皮辮子的青年在賣皮靴，一條大路往兩頭延伸，盡頭分別是蒼山和洱海。

動心起念很快，晚上回到旅館我用手機查了一下隔天機票，一大早就有一班成都直飛大理的西藏航空班機。我有足夠旅費有時間，是什麼阻礙著我呢？只是自己為自己設下的盡頭吧。於是，二十個小時後我已經在大理。

周雲蓬的歌我不熟，但仍被迷醉氣氛魅惑，周圍青年男女旅人從第一首便熟練地跟著唱，到最後一首安可曲，吉他一彈，我身旁的女孩便尖叫，然後哭了，嗚咽地跟著唱，因為有點醉哭得更盡情。我享受著台上台下的溫暖匯流，明明是第一次聽到的歌，盲人歌手與樂手重複應和的副歌，傾盡柔情刷著的和弦，有一道力量，把我心裡很沉很悶的東西提了上來。

期待更好的人到來／期待更美的人到來／期待我們往日的靈魂附體重新回來／重新回來

聽完這場演出，我往日的靈魂也附體重新回來了，儘管我不知道它是何時丟失的。是的，你可以說是天真淺薄的小資情懷，說是裝模作樣的文藝女青年——但有時就是這樣，你期待天翻地覆的大敘事大格局，但其實只是一家酒吧、一句歌詞或一則訊息，就能讓你悲戀涕泣，或者重新開始。它不會說話，你只能去碰撞、去遇見。

#希望你也在這裡

#大理

飯糰。

文法課的班導大叔告訴我們，你說出口的日文名詞修飾句有多長，就代表你日文有多好，就好比你的飯糰裡能包越多料，就表示你越會包飯糰。沒有修飾句的名詞，就像什麼都沒包的飯糰，那只是，飯。

一開始你只能說公園。就像一開始你只能說，飯糰。

後來你可以說很大的公園，再後來你可以說小時候媽媽帶我去過的那個公園，再更進階你可以說小時候媽媽帶我去過有著很大的銀杏樹位在京都車站附近的公園。恭喜，你已經會包祖傳濃厚醬汁紫蘇天婦羅炸蝦佐瀨戶內海天然海苔的飯糰了。記住，這時，名詞才結束，動詞才可以進來。

老師沒有換氣流暢快速地講完，日語學校的老師上起課來會讓人以為他晚上有在兼差當外景節目街訪主持人，或者去傳統劇院講落語漫才，但是沒有，他下了課就是一個大叔，要騎裝了兒童座椅的腳踏車去接小孩的那種。

我們回到課文，他要我們找出飯糰，也就是跟在兩三行修飾句後面的名詞，答案是姬路城，而整句是：以其白色城牆及屋簷造型就像展開雙翅的白鷺一般而享有白鷺城之稱的，姬路城。名詞結束，動詞進來：建造於一三四六年。

但為什麼不先講建造於一三四六年的姬路城呢？大叔問。

「強調。」有人回答。

對，沒錯，強調，動詞後面要講的東西，是作者的重點。日本人會把要強調的東西放在後面，例如那家餐廳很貴但很好吃，重點是很好吃；那家餐廳很好吃但很貴，在意的是很貴。

找出飯糰容易，找出重點容易，讀也很容易，難的是闔上課本以後，白鷺就飛了，日常對話中要一口氣層層疊疊用日文幫名詞包進那麼多料，很難。沒錯，我強調的是很難，對一個外國人來說。

於是，當愛鳳桑的女兒美雅桑出現在鴨川三角洲的時候，我只是繼續在練習我的造句，在腦中把她當一個飯糰，幫她填進我所能填的修飾子句，再依照我聽見的看見的，慢慢加長。

安靜的美雅，

不高不矮不胖不瘦的美雅，

對於跳鴨川烏龜石絲毫不感興趣的美雅，

從臉部表情能讓人判斷出（可能形加被動式）喜歡吃紅豆大福的美雅，

對於寒冷很苦手對於媽媽要給她圍巾又倔強地說不用的彆扭美雅，

雖然是旅行生手但不會一直跳針問再來要去哪而讓人感覺還算好相處的美雅……

名詞修飾結束，最想說的動詞可以進來了——

好像不是很喜歡我。

回到兩天前的傍晚。

愛鳳桑在美雅抵達日本的前三天即請了病假，這兒畢竟是華人最愛的日本旅遊地京都，親友來訪，以病假為由伴遊的，老師也會睜隻眼閉隻眼，但一連三天，飯糰大叔班導覺得有點不妙，在發回課堂作業時順便問了：有誰可以負責去關心一下愛鳳桑嗎？大家以理所當然的表情看向我，我也用力一點頭說嗨。

我騎腳踏車來到愛鳳桑家樓下時，她正好從一輛計程車下來，手上有兩大袋蓬鬆的物品，行李箱還有兩個單人折疊床墊，看上去像是在搬家。我幫她把東西搬上樓，才發現她這三天來根本是在拍全能住宅改造王。

沙發和床不見了，地板鋪了榻榻米，擺上了暖桌，垂下格子花色暖桌被，窗簾也換成同色系的格子布，各種包裝材料還堆在走廊，還有一些抱枕、桌墊、乾燥花、香氛小物在各處散放，等待被放上適合的位置。衣櫥空出一半的空間，電視機上多了好多相框，擺著女兒各時期照片。她剛剛買的是兩件台灣穿不到的長大衣，一件羽絨，一件毛呢，她一邊掛進衣櫥，一邊問我覺得怎麼樣。她難得沒化妝又沒梳頭髮，看起來就像是一心一意想幫女兒打造一個新房間的好媽媽。

我心裡突然浮現兩部電影，第一部是電影《比海還深》裡，充滿怨念的前妻青木陽子對失敗的前夫阿部寬說的話：「既然這麼想要當一個好爸爸，為什麼當初不努力一點呢？」

當然我沒說出口，特別是她這麼努力。第二部是，是什麼呢？我一時想不起來。

「這樣，有比較像一個家嗎？」愛鳳桑不死心地再問我一次，我說比較像宜得利或MUJI展示間。

「啊，失敗了。」她往地上一坐，看起來筋疲力盡。

「沒有失敗，你已經這麼努力了。」我變成心靈雞湯導師。

「不，我沒有努力過。就連我在做這些的時候，中間都不斷地想，算了，何必這麼麻煩，叫她去住旅館就好了——就像，就像我以前每次回娘家都去住旅館。」

「你女兒有要來很久嗎？」

「她沒說，但旅行的話，頂多一個禮拜？兩個禮拜？」

錯了，我告訴她，我們青年旅館裡面有一個長期住客，台灣人，三十多歲的男生，畫畫的，他只租一個床位，每次來三個月，簽證到期了，就回去幾天，然後再來，他說會一直來到邊境關閉為止。

他每天在京都也沒做什麼，騎腳踏車到處亂晃，買超市打折便當回來微波，需要錢的時候，就接台灣的案子，抱著iPad坐在青年旅館公共區域的榻榻米畫啊畫的，錢就進來了。

「美雅她，不太像是這一型的。」愛鳳桑笑了起來，「她是那種很認真的好學生。」

現在換她句點我了，老師有教在日本特別是在京都不要對別人說自己的孩子好，但她說起自己女兒像在說隔壁小孩。

美雅，女，二十八歲，認真的好學生。

如果在劇本創作課上一定被老師打槍，不要概念，不要形容詞，具體說出這個人問題在哪、衝突在哪、她討厭什麼、喜歡什麼。

「她喜歡什麼？」

愛鳳桑眼睛閉起來，眉頭越來越緊，她現在真的非常非常努力——然後放棄。

「小時候她喝鮮奶嗎？喝養樂多嗎？我真的想不起來。現在她喝咖啡嗎？還是喝茶？我也不知道。」

對於將近二十年沒一起生活過、十年沒見面的小孩，要去揣測出她的喜好，真的就像面對一片空白的電腦螢幕Word檔要敲下人物簡介的第一個字。學長說要練習影像思考。我腦中突然浮現一個畫面，幾個鮮豔飽滿的紅番茄浸泡在尋常人家的不鏽鋼鍋裡。

「西紅柿！」我叫出來，我想起來那部電影了！

不，在台灣叫番茄。電影《唐山大地震》裡，與母親因為地震分隔三十二年的女兒回到震後重建的老家，有一紅番茄放在桌上等她，母親記得她還欠女兒一顆番茄，「西紅柿都給你洗乾淨了，媽沒騙你。」垂垂老矣的母親說著，對女兒下跪。

我那三個同父異母的姊姊超愛這一段，每次電影台重播前面大地震大場面都可以跳過，唯獨番茄出現時一定要回到電視機前，跟著媽媽徐帆和女兒張靜初爆哭。而後來，老師解析電影時，說這個叫「計算」過的，算好這兒可以給觀眾來個過癮的大哭釋放，劇本是計算過的，徐帆的表演也是。計算不是算計，是爐火純青的經驗，是精湛準確的技術，不是心機，而是默契，是觀眾與主角跨越銀幕達成的一致性，這並不容易辦到。

我把以上這一段說給愛鳳桑聽，她突然福至心靈，叫了一聲。就說，人生無法解決的，電影裡可以找到答案。

「腳踏車！」她說。

「腳踏車？」我問號，就我們每天騎來騎去的京都名物腳踏車？

「沒錯！美雅喜歡騎腳踏車，她小時候我們回花蓮都會載她去繞一圈！」

她說的應該是久遠的記憶，但願這仍是她們的默契，是她們可跨越時空達成的一致性。

接著，我們便討論了接下來的劇本，計算了腳踏車出場的節奏，決定在第二天由我跟青年旅館借一台變速淑女車，騎到鴨川三角洲去給美雅，順便加入她們的野餐。

老實說，我願意加入，並不是我有多想親眼目睹美雅看到腳踏車就像張靜初看到西紅柿那一幕，也不是我跟愛鳳桑之前共度幾夜產生情愫所以要幫她，而只是，人在京都的我不禁想像，如果在大理有一位李金花，也因為她的親生兒子要去找她而開始大費周章準備一切，那該有多好。

在關西機場降落，排隊入境通關時，換上旅遊用的 SIM 卡。一開手機，就看到了已經好幾個月沒更新的茉莉 I G，終於有了一則新波文。打卡點是大理九月，看起來是一家酒吧。打卡標示的是地點，但那個地點的名稱恰好是時間，九月。我想找個大阪三月來打卡，但是找不到，倒是找到京都有家三月書房。

我告訴我媽我要來日本找她時，她只說好啊，動是好事，動會產生能量。在我動的同時，茉莉也動了，她的 I G 動了起來，按讚數大不如前，但她本來就不在意，底下有幾個忠實粉絲用喜極而泣表情和連續驚嘆號留言：真是太好了！！！她也都沒回。保持單向傳輸，一如我在這頭潛水偷窺。

我媽在接機大廳會面點等我。我一開始沒認出她，她有一種洗盡鉛華的感覺，留著學生頭，她說來日本後都自己洗頭，剪髮就去千圓快剪，不知為何這反而讓我有種重新認識她的感覺。

她在訊息裡說，是為了幫北京老闆（可以想像，省略的部分是「兼現任男友」）來京都探房地產，所以先來學日文，若考過日文檢定對投資可加分。聽說很多中國人趕在明年的東京奧運前來日本插旗買房，經營酒店式公寓或民宿。聽起來像是養在京都的地下老闆娘，但看起來卻像民宿的打掃阿姨，這應該是我看過她最樸素的樣子，比外婆葬禮時還樸素。

搭往京都的 Haruka 電車上，她拿手機和我自拍，她笑得很開心，我硬擠出微笑，我們上一次合照是我高中畢業典禮，她帶了一台最新款的數位相機回來，把照片傳輸出來之後，相機就留給了我，但我一直沒拿出來用。後來 iPhone 出來了，她寄了一支來，說是請人徹夜排隊買的。

某種程度，比起母親這角色，她比較像是一個慷慨的筆友，或是一個定期物資配給站。

抵達京都車站後，她帶我到商店街的法式麵包店吃了可頌配咖啡，手扶梯上上下下，我的小行李箱都是她在拉，她比我靈活許多，也知道怎麼借力使力和轉彎，哦對，這行李箱也曾經是她的。搭計程車回到她的「家」，沒有電梯的公寓三層樓，我要伸手過去幫忙搬抬時，她已兩手拎起輕快上樓梯。

「沒事，我習慣了。」她說。

進入充滿藺草香的小套房時，老實說我有點驚訝，跟她本人一樣，樸素得讓我驚訝。曾經看過網路上的綜藝節目片段，台灣某偶像明星到日本語言學校進修，外拍小組記錄她的一日，早上跟著她騎腳踏車到學校、把攝影機定在教室角落拍她上課情形、跟著她和各國同學去居酒屋、再回到她短租的公寓，那是一棟外表低調、需靠指紋辨識進入大門的公寓式酒店，室內無比寬闊，大片落地窗正對京都市景，蠟燭般的京都塔在遠處閃耀，接著要猜這房間月租多少錢？答案是三十萬台幣，棚內的特別來賓誇張地說：便宜啊！

我不知道曾經看到一個包幾萬幾萬也喊著便宜便宜的我媽，現在這個小小的房間，每個月房租要多少錢，她跪坐在榻榻米上有模有樣地刷著抹茶，陽台看出去只看得到對面有一家超市、一家熟食店，周圍靜寂冷清，路上步行的只有老人。

「京都就是這樣哦，很鄉下吧，但是我們晚上進城去吧，你知道嗎，我最喜歡京都就是這點，地鐵兩站就到東京了。」

「東京？」

「我是比喻啦，四條那邊就有好多好多百貨公司，我還是不能沒有百貨公司。雖然不買，偶爾還是要看。」

她從幫貴婦代購名牌包到代購房子，上一次見面她給我的名片是北京某家物業管理公司「開發總監」，她的各種開發讓我寧可龜縮在未開發階段。

她遞給我一件深藍色羽絨長大衣，勾著我手下樓搭地鐵，原來地鐵站就在旁邊幾步路的地方，而且下班時間車廂是滿的。

「京都的地下好像比地上熱鬧。」我說。

「就說要去東京啦。」她輕快回答。

她所謂的「東京」，是出四條烏丸地鐵站後就到了。霓虹閃爍、連綿的商店街、成群結隊的上班族與觀光客。我們走過整條錦市場，我由著她帶路，兩旁漬物魚乾京都特產琳琅滿目，她拿牙籤戳了一口試吃的芥末山藥放進我嘴裡後，像是突然想到地說：「你爸生病了，好像已經回台灣治療。」

這沒頭沒尾的超展開，正像我嘴裡黏滑又激嗆的微妙感。

「什麼病？」

「肺腺癌，聽說三期。」

「我需要去看他嗎？」

「不用，我只是覺得還是要讓你知道一下。」

「那我能做什麼呢？」

她搖搖頭，指指前方，「我們去幫他點一根祈願蠟燭吧。」

這是旅遊書上說的，錦市場盡頭的錦天滿宮，可說是附近商家的福德正神，守護著這區生意興隆。但，生病也能來這兒求嗎？

白蠟燭旁邊貼了各種祈求心願，果然第一個就是病氣平癒，接著還有安產祈願、家內安全、子孫長久、息災延命、怨敵退散……

一根日幣四百圓的白蠟燭，她堅持把錢給我，要我去付錢，她說這樣心願才會變成是我發出的。付完錢，宮裡穿著白袍的執事人員遞給我麥克筆，我寫上：「李福地　病氣平癒」，原以為得自己拿到哪兒點燃，執事人員卻示意交給他，接著，他恭敬地秉著白蠟燭，往神像處走去，低沉的聲音念誦著經文，繞了三圈，才把蠟燭插上。我們隔著木柵欄雙手合十，我覺得我好像真的送出了什麼。

這個名字不存在於我身分證和戶口名簿，上一次親手寫下，已經是外婆葬禮，附近禮儀店送來了兩座罐頭塔，上面貼著這個名字敬悼，只要收了花籃奠儀，就要登記在禮儀簿，舅媽說不知道到底是他本人送的，還是你媽要做面子給他，便把筆遞給我，要我記下：「李福地　罐頭塔一對」。

小時候我一直以為我叫李美雅，上幼稚園才知道我姓連，那時我問我媽為什麼，她第一次說學校印錯了、老師叫錯了，第二次說以後還可以改回來。我弟李向榮甚至還沒活到可以發現自己在戶口名簿的名字其實是連向榮的年紀，就被註記死亡了。

只是點個蠟燭，卻好像參加完了葬禮。

「走吧！吃飯吧！」我媽元氣十足地說，像電視裡看到的日本傳統一樣，葬禮後要大吃大喝。

她先帶我到錦市場裡一家京都傳統家庭風味居酒屋，點了九條蔥煎豆皮、漬物拼盤、焦香油亮的煎牛舌，她說這只是第一攤，先為我接風，我們點了兩種不同的清酒交換著喝，我不知道其他的母女是否會如此，周圍看起來並沒有母女的組合，我們看起來也不像。

第二攤是在商辦大樓某層樓的串燒居酒屋，煙霧彌漫，其實我燻得難受，但東西太好吃了，一整條五花肉霸氣串在一根大竹籤上，上桌了才讓客人自己分食，不是說京都很含蓄嗎？四周滿滿都是抽菸大聲吆喝的聚餐酒客，但一走出店門、進入電梯，又安靜得好像被抽成真空。

她說還有第三攤，我不知道她的胃容量為什麼這麼有彈性，但我打算跟她一起拚。是在先斗町巷子裡，不一家一家看招牌就會錯過的小店，我們點了濃厚的胡麻擔擔麵和味噌關東煮，兩人共喝一瓶黑啤酒。

回到公寓已經凌晨一點，我淋浴時她已移開桌子鋪好兩張床墊和棉被，她叫我累了就先睡，但我還有問題想問她，在被窩裡撐著，直到她躺進與我相距三十公分的另一張床墊。

安靜的京都第一夜，四周只有暖氣空調的聲響。

「為什麼我們那時不像現在這樣就好了？」我的聲音異常清晰。

「那時我太年輕，你又太小。」精簡扼要，不知是酒精、還是熱水，或是京都的魔力，我得抓住我們彼此誠實以對的珍貴瞬間。

「你後來到北京去，還是當人家的二奶嗎？」

「誰說的？」

「舅媽、還有你同學。」

「誰？」

「那個賣假名牌的彩蝶。」

「不要聽她們亂說，現在老闆是女的，是一個對我很好的阿姨，有機會可以讓你們認識。」

聽起來不像假話。

「那你看過李福地的太太嗎？」

「有，榮榮的告別式，她有來。」

她說得沒錯，那時我真的太小了。

「她很恨你、或是很討厭我和榮榮嗎？」

「沒有。別亂想。她只說，過去就過去了，你們要好好重新開始。」

「你們，是指我跟你嗎？」

「對。」

「那為什麼我們沒有？」

「我太年輕，你又太小。」

開始重複了，再下去就是無限迴圈了。過去就過去了。

「如果明天還有經過什麼廟，我也想點一根蠟燭給她。」我的聲音有點撒嬌，女兒對母親說明天要買什麼什麼那種撒嬌。

「誰？」

「算了，沒有。」現在又變成了青春期彆扭的女兒。

我在心裡想的是，如果要點一根蠟燭給茉莉，我應該寫什麼？我回想著錦天滿宮那些祈願範例。

「茉莉　怨敵退散」、「茉莉　息災延命」……

這樣可以嗎？

其實我想聽到的，是茉莉告訴我：「過去就過去了，你要好好重新開始。」可是我不知道自己到底是希望得到她的原諒？或者只是想告訴她，我也有份。那之中竟然有種虛榮。

從外婆過世後我就再也沒有過同寢室友，我此刻的室友，我媽，發出了規律沉穩的呼吸聲，應該是睡著了，於是我大膽說出口。

「我跟你一樣當別人小三了。」我對著牆上時鐘的螢光指針，沒頭沒尾地說。

呼吸聲突然停頓了一下，我不確定她是聽到了？或只是被吵醒了？但黑暗中傳來聲音。

「快睡吧，明天帶你去鴨川野餐。」

▲

腳踏車不見了。

我幫旅館客人處理過好幾次，已經駕輕就熟，跟店長拿登記證，去拖吊場付罰金領回，再跟客人收取罰金外加一點服務費。但是這次不一樣，借給美雅桑的那台腳踏車，並不在拖吊場，工作人員說今天並未在那區取締，那麼，腳踏車去了哪呢？

美雅果然是愛鳳桑口中的好學生，她對此事非常抱歉，讓我白跑了一趟，她更是愧疚無比。在 LINE 群組陸續發了十個不同的對不起的貼圖，從冒冷汗到下跪。對，因為腳踏車事件，我們三人有了一個 LINE 群組，名曰京都三人成團，愛鳳桑取的。

但美雅把車停在哪呢？也就是我們前幾天一起去野餐過的鴨川三角洲，靠近出町柳車站那一側有一整排腳踏車停車柱，但她到的時候已經停滿了，想說旁邊稍微停一下，應該也不算是亂停，而且她上鎖了。

我判斷也許有人借騎（那麼剛好鎖被打開了），騎完就放回原處了，或是，可以去離那附近不遠的京都大學圍牆邊找找看。美雅堅持和我一起去，我們繞了幾圈，直至天黑，一彎下弦月在鴨川中間升起，回到原地，停車柱大部分的車都牽走了，以至於我們一眼就認出那台車頭加了大菜籃的銀色淑女車。

原來是有善心人士以為美雅停在旁邊是在等車位，自己位置空出來，就幫她移進去了。付掉停車費，牽了車子，大功告成。

我問她，為什麼又來這裡呢？

大概經過了剛剛那一輪革命情感，她心慢慢敞開了，她笑著說：「你不要笑哦！」但她自己笑了：「我來練習跳烏龜。」

「第一次來的時候我覺得自己會跳很爛，所以不太想跟你和我媽一起跳。」

果然是好學生啊。

「我看過很多次有人跌倒啊，還有人把眼鏡跳掉了，剛好被他後面的同伴踩斷。」

她哈哈大笑起來，我們牽著腳踏車沿今出川通走回她們住的鞍馬口。愛鳳桑沒邀我一起上去，美雅也沒提，我說我要自己回青年旅館煮泡麵，速速離去。這不是京都人的拘謹美德，比較像是旅人不相互踩線吧，應該多讓她們母女倆相處。

但是，我才在泡麵裡打了蛋、在等它再次滾沸，愛鳳桑就傳了訊息到三人成團：「這才是我們的西紅柿！」

附上一張照片，她和美雅一人拉著大地圖的一角自拍，因為兩顆頭要擠進鏡頭，兩人的表情都有點滑稽可愛。

我一邊吃麵、一邊回傳已存常用日文訊息：「我不是很懂，可以再多說明嗎？」

愛鳳桑打了語音過來，要我過去，因為解釋半天還是說不清楚什麼是「西紅柿」。

我到達榻榻米小套房時，她們已經在開趴，小桌子上擺了各種下酒菜、愛鳳桑最愛的Nikka威士忌與氣泡水，地上攤著幾張半開和全開地圖，分別有台灣、中國、世界。

「美雅回來以後問我一句話，我一邊尖叫一邊把我這些藏寶圖挖出來。」

「你問了什麼？」我問美雅。

「我問，這裡，很北了嗎？」美雅說完又笑起來，抱了抱枕倒在一旁，我懷疑是嗨波魯的威力，她不像這麼嗨的人。

愛鳳桑比著地圖，向我解說。

從花蓮離家出走時，她在北上火車上遇到了一個穿著袈裟的出家人，跟她說了八個字：「不管去哪，越北越好。」她嚇死了，她的行李只有一個背包，怎麼知道她要逃家。後來到了台北，認識了一些姊妹，相約去算命，那算命仙竟也說了一模一樣的話：「一定要落腳在比故鄉還北的地方，對你才好。」不久後被美雅的爸搞大肚子，那男人說要帶她去台中過好日子，坐在加長型凱迪拉克後座，一路沿著高速公路南下，她只關心一件事，台中跟花蓮，到底哪一個比較北啊？

好險，拿尺一畫，他們定居的台中市，略略偏北。之後就地圖不離身，在中部到處投資房地產，美雅懂事後就會幫著她量，有沒有比花蓮還北。現在地圖上看得到的好幾個點點，都是美雅小時候畫的。

「後來我到北京去，我想這裡怎麼樣都比故鄉還北了吧，結果又冒出來另一個老師，說，所謂故鄉，是你的祖籍，是你父親的出生地。哇靠，美雅，你知道外公是哪裡人嗎？」

兩頰通紅的美雅笑著搖頭。

「佳木斯。你們找找看！」

美雅和我畢竟有讀過東北九省地理，往東北方找，很快找到了，但是一畫過來，比北海道最北的稚內還北。

「我說我不玩了！比佳木斯還北，那還有什麼搞頭？」愛鳳桑還是把這幾張陪她南征北討的地圖帶在身上，至少京都很北，而我們又在京都的北邊。

「西紅柿呢？又是什麼？」美雅這才發問。

我把《唐山大地震》裡的典故又講一次。

「那為什麼地圖是我們的西紅柿？」美雅問。

「因為是我們共同的小秘密啊。」愛鳳說。

「但我聽起來比較像是母親一直沒為女兒做到的事、虧欠她的事。」

美雅的語氣有點太認真了。

「謝桑你覺得呢？」愛鳳把球丟給我，這是為什麼三人團很重要。

我思考了一下，「我覺得，應該比較像是，你以為對方忘記了，但其實對方一直牢牢記在心裡的事。」

「就像你留著地圖？」美雅似乎不以為然。

美雅拿過中國地圖，往西邊看，她的手指滑過福建、江西、湖南、貴州、最後到了雲南。

「你在找什麼？」我問。

「大理。」她回答。

我心臟好像被什麼撞了一下。

「嗯……我想去大理。」

「我……我也是。」不知道為什麼，我覺得現在這一刻，才是我迷迷糊糊來京都的意義，迷迷糊糊跟愛鳳桑睡了幾晚的意義，迷迷糊糊幫美雅處理腳踏車烏龍事件的意義。

「你去過嗎？」美雅問。

「我沒去過，但我很熟。」

她們兩人滿臉問號，但沒關係。

接著，美雅在京都剩下的幾個禮拜，我們幾乎每天在更新大理和雲南各地的旅遊資訊、機票交通住宿等等，當然，也各自交換了想去的理由，她特別警告我，先別跟她媽說。

三個人就是會這樣，她跟我說不要跟你說，所以你不要跟他說我有跟你說。但這樣太複雜了，總之我沒說。

因為同時，我想我和她媽也都有沒對她說的事。那會變成我和愛鳳桑的京都西紅柿嗎？那麼此處的西紅柿確實是她的定義沒錯。我們的小秘密。

6 大理同行二人

旅行不是想去哪裡，而是不想待在這裡。

回到家，我指的是那個河堤社區小套房，在堆滿雜物的桌面上，看到了這行自己出發前寫下的字，回想起來，是以防萬一我媽問我為什麼想來京都時，我要這麼回答。

但她沒問。她完全沒問我在台灣在台北過得好不好，從我降落在關西機場，我們就一同看著前方，一起往前走。非常偶爾才會閃回童年、或是極其稀少的共同回憶。

閃回，這個字是謝安得教我的。他說是電影劇本用語，Flashback，插入回憶的意思。我和我媽又說起台中什麼或花蓮什麼，他說，哦，又閃回了。

我在京都過了一個多月，參加了我媽和

謝安得學校第一學期結業典禮的晚會。其實比較像國小國中的同樂會，色紙剪紙、彩帶與氣球妝點教室，聊勝於無卻又誠意十足，椅子移開，桌子排成長條，擺上教職員做的壽司和日式小菜，師長幽默致詞，最後再玩猜拳遊戲交換禮物。我聽不懂日文，但仍玩得很開心，這個小小的語言學校就像一個大家族，而我這個他們家族成員的家人，也被熱情招呼接納著。

「為什麼旅行中認識的人都顯得有趣許多？」我問我媽。

「因為關係是短暫的，所以特別珍惜。」她說。

謝安得與京都的關係也是短暫的，他結業後就不再讀，我媽的簽證則還有一年，我多少明白她或許也想在京都待好待滿，不是因為她想留在那裡，而是不想回來這裡，或是別的地方。

怪異的是，從京都回來以後，我就比較能待得住這裡了。難道這就是我媽說的「動」的能量，旅行產生的力量？

離職後我把自己和房子放著一起爛，出發前只做了最低限度的打掃，把垃圾丟了，紙箱瓶罐免洗便當盒宣傳單沒回收、從辦公室搬回來的幾袋雜物一直堆在地上、衣服沒折在床上堆成一座山，要睡覺時就掃到地上，乾枯沒救的植物癱死在陽台。

而回來後，不過六個小時，我讓上面這些東西都去到了該去的地方。那疊混著賣場DM水費電費繳費收據的紙類裡，印著「稀有釋出　河岸第一排　尊榮首選」的銘黃色傳單也在裡面，上面印著格局圖，我拿起來看最後一眼，便讓它進了紙箱。最後甚至還裝飾出一個京都角落：牆上掛上櫻花布、茶几鋪了市集買的日式餐墊、擺上小小的陶貓香盤、點了在東寺買的線香。

線香裝在抹茶色的紙盒裡，一打開是紅色糙紙上面印著「香十德」：「感格鬼神、清淨心身、能除污穢、能覺睡眠、靜中成友、塵裡偷閒、多而不厭、寡而為足、久藏不朽、常用無礙」

我聞著那梅子混著皂絲的味道，只浮出四個字：安身立命。我不是要用這些網美配件去達成什麼生活品味或情調，也不是用來標誌自己是去過京都的人了，而只是突然明白這就像下飛機前收好桌板豎直椅背一樣，是一種準備的姿態，準備離開，準備抵達。

因為待在家裡的時間少了，份外珍惜，行李一開一收的動作讓我把自己組裝回來。寄出給舅媽的伴手禮、買背包和健行鞋、辦台胞證、打掃、回收，把自己的生活當作行政流程跑，便會井然有序。

出發前一日，我散步到捷運站附近的老字號台式日本料理店，自己吃了一份生魚片定食，然後再散步到河濱公園，這都是我第一次做的事。

原來，想要看到河景，不用住到河岸第一排，走過河堤就好了。

我和謝安得約在桃園機場，我們訂了同班飛機的機票，直飛昆明，在昆明過一夜，隔天搭高鐵去大理。

前一晚我睡得很淺，不斷夢見把台胞證帶成健保卡（長得太像）、在機場螢幕上找不到我們要搭的那班飛機、飛機要起飛了我還在女廁排隊……索性起床了，打理好，請管理室幫我叫計程車到台北車站機場捷運。

茉莉住在這兒的那些年，也都是這樣吧，拉著一個行李箱到大門口上計程車，高永健穿著睡衣打著哈欠向她揮手道別。

睡睡醒醒來到了現實的機場，剛剛在夢裡的各種驚險狀況，謝安得都還是在我旁邊的，而現實是，他沒有出現在櫃台。

簡訊沒讀、電話沒接。旅行是這樣吧，一個人，還是得走。我劃位領了機票，通了關，到達登機門。每完成一個動作就拍照傳給他。我過安檢了。我到G10號登機門了。

我在隨身包包勾了一個小御守，離開京都的前一天，我媽和他和我一起去了東寺的市集。有個賣朝聖周邊商品的攤子，水壺、遮陽帽、書包、手杖、毛巾、御守等等，上面印著Q版的戴著斗笠的空海大師和「同行二人」四字。我媽興奮地說：同行二人耶，就是你們接下來去雲南的旅程啊！她認為是個吉兆，要我們各挑一樣。

我挑了御守，謝安得挑了毛巾。但白毛巾不管綁在額頭或手臂都很像告別式，我們三人笑彎腰，最後我媽搜尋到一個職人頭巾影片，幫他紮好，才比較像樣。

同行二人，其實是指獨行的朝聖者之外，還有空海大師同行，祂會如影隨形，全程護衛。如今我真的跟空氣、不是、跟空海兩人結伴同行了。

飛機起飛手機關機前，仍沒有訊息。我是不是應該聯絡我媽問學校有沒有他台灣家裡電話，打去問問發生什麼事呢？但我默默地關機了。座位是預劃的，機艙門關了，他並沒有在最後一刻衝上來，也沒人候補，我身邊的位置是空的。我必須跟這空無空洞空缺共處，它背後連結著的力量叫不可抗力。到底是什麼呢？

抵達昆明，換上可翻牆的漫遊卡。謝安得在起飛後十分鐘傳來訊息，不可抗力的睡過頭。

「對不起我睡過頭了，我會盡快想辦法與你會合。」

「好的，我照計畫到茶花賓館入住，你看怎樣再跟我說。」經過三、四小時在高空的沉澱，我竟無情緒。

背包客攻略上說茶花賓館是各國自助旅行者首選，按照指南，搭機場大巴到市區，再換計程車，便抵達這庭院花木扶疏的旅館。我們訂的是男女混住多人間的兩個床位，倒不是為了省錢，而是一男一女去住兩條床的套房很怪，我跟櫃台大姐取消一個床位，順便問她，目前多人間裡有多少人？

「你訂的是八人混住房，現在有三個，兩個是老外，加你四個。」

「是男生還女生呢？」

「都有，我們這兒都很安全的，沒出過事。」大姐看出我的疑慮，「不然這樣吧，你加一百塊，幫你換標準間，還含早餐。」

我倒不是怕出事，我只是想衡量自己的尺度，是想去交朋友，還是繼續到套房城堡當自閉公主。

我選了前者。多人間比我想像寬敞明亮，不是上下舖，而是左右兩條，一邊四床，真的，只有一張單人床，自己鋪白床單、房門不能鎖、沒附個人置物櫃，我選了角落一床，學我的室友把背包往床底一塞，貴重用品帶在身上。

交朋友不是那麼容易的事，一對安靜老外情侶自己建立了小宇宙，另一個像是背包客老手大姐，她簡介環境後問我第一次來雲南？我點頭。她問哪裡來？我答台灣。她說好好玩啊，我說謝謝。結束。

到大門口邊的旅遊服務中心訂高鐵票，我一副就是新來的，因為高鐵票一週前早就售罄。

「現在買明天的票，能買到硬臥已經算你幸運。」大叔叼著菸滑著滑鼠（我媽在京都居酒屋對我教育過了：現在先習慣菸味是好的，不然去中國你會受不了），彈了兩次菸灰之後，突然大叫：「哇！小姑娘你太幸運了，還有一張軟臥票，剛有人退的。」

我看了價差，約是兩倍。

「我還是硬臥就可以了，旅途中還需要很多很多幸運，我不想現在就用掉。」我試著說得幽默。

「哎呀，幸運到來就要抓住。你會拿著一張這期中獎的彩票說，哦不不不，我下期再兌換，不會嘛！對不？」

大叔神譬喻，我欣然領受，我沒有微信支付，只能現金交易。他列印出一張收據，要我明天務必提早領票進站。

「記住啊，幸運到來就要抓住！幸運會越用越多的！」

感謝正能量大叔。

剛剛多人間的室友大姐說，這裡乾淨安全，一個床位就夠了，想要舒服留在家裡就好了。現在售票代辦大叔說，都出來了玩得舒服點。

其實無關花錢省錢，也無關舒不舒服，而只是選擇。不同的選擇就會去到不同的地方，我開始享受眼前每一個岔路。

而我缺席的旅伴也做出新的路線選擇，謝安得傳來訊息：「我今晚到成都，明天早上直接從成都搭飛機到大理。」

「哈哈，那你會比我早到整整一天呢。」我回傳訊息，把火車時間拍給他。

「放心，我會去接你。」笑臉。

「你出站後就會看到我。」笑臉。

「我在大理等你等你。」笑臉。

三個笑臉外加三個承諾再加兩個等你，好過一百句道歉。早出發的不一定會早到，原本等人的人被等了。過去的已經過去了。

昆明暮色裡，飄起以上內心小劇場文字雲，我把它們凝結成一句話回傳：

「好，大理見。」笑臉。

大理站前是一道長長的階梯，謝安得的訊息說：「你走完階梯就可以看到我了。」我與扛著大包小包的旅人一起出站，一階一階往下踩，目光掃過階梯底下的馬路邊，約莫下到樓梯的一半，訊息來了：「我看到你了」，往下看，一個黑瘦小弟咧著嘴笑對我狂揮手，又拿起手機對我拍照，但我認不出來，莫非他也認錯人，但他開口了，喊著的是我的名字，「美雅桑！」是謝安得叫我的方式。

我加快腳步，隨著我的表情越發疑惑，他笑得更是開心。難道人在高緯度與低緯度會長得不一樣，不，那晚在我媽的地圖上查過了，大理緯度其實不低，對過來比基隆還高，還是難道卸下圍巾毛帽羽絨衣之後的謝安得黑瘦了一圈？

現在我站在他面前了，他接過我背包，說：「美雅桑，歡迎來到大理。」

不，這也不是謝安得的聲音與口音。

「你是誰？」我問，本能警戒地把背包抓回來。

「我小謝啊。」男孩一說完，他身後的嘟嘟車裡傳出爆笑聲，躲藏在車裡的謝安得本尊破功，鑽了出來。

「他叫阿毛，是我朋友，有嚇到你嗎？」謝安得一臉壞笑，幫我把背包放在嘟嘟車後面的網籃裡，他看上去，跟在京都還是有點不一樣，但只是裝扮不同，他穿著印了大理啤酒圖案的背心、短褲、夾腳拖，清朗舒爽的天氣的確適合這麼穿。

「你都沒變耶，美雅桑。」

「我們才一個月沒見吧。」

重逢的擁抱省了，我們一起坐在後座，阿毛發動嘟嘟車。

「你真的只來一天嗎？」我對他的入境隨俗感到不可思議。

「別忘了我一半是大理人。」

也是。他接著像導遊一樣向我解說，這條公路叫國道214，一直往北走可以到哪裡你知道嗎？

「麗江？」

沒錯，可以到麗江，但是不夠遠，還可以再更北更北……接到國道318，再一路往西，就到西藏了。

阿毛飆起車很帶勁，路上揚起風沙。

「這麼說，這些沙子，很多是西藏來的。」我順著他的興致。

「沒錯，它們可能還會念經。」謝安得接著說，來大理不能說來大理，要說下關或是古城，下關也不是念下，要念三聲跟輕聲中間那個輕輕的音，xiǎ關，就像謝的台語那樣的發音。但是古城的古不能念三聲，要念二聲，有點像鵝在叫，咕～城。

「怎麼樣，很好聽吧？」

一路笑話與肖話不斷，我們進入了古城，人民路。阿毛在一家民宿門前停下，招牌是「我在大理等你」。

「我們住這？」

「是啊，我不是說我在大理等你等你嗎？」

這是阿毛的姊姊開的，阿毛和爸爸在隔壁開摩托車出租店。

謝安得幫我把背包放進房裡，是一間面對庭院的單人雅房，房裡乾淨雅致，共用的廁所衛浴就在門外，他說他跟阿毛家租了一間房間，條件比較差，但很便宜。

「我以為我們會住在一起？」

「反正就在隔壁，也是一家人。」

謝安得跟在京都時不太一樣，或許如他所說，是雲南血緣被召喚起來了吧。如果我是來到大理才認識他，我絕對會相信他是台灣雲南混血兒，母親在大理開民宿、自己暑假會過來幫忙。

他說自己研究大理地圖已經到可以把印表機插上腦袋就印出一張地圖的程度，現在好像只是把自己合成進那張地圖而已，他說：「就像用繪圖軟體置入一個物件，只是一秒鐘的事。」而我是一個新來的物件，顯然他也幫我安排好了各種出場節奏與路線，例如剛剛在車站那瞥腳但真誠的驚喜，其實我是感謝他的。

我們中午與阿毛一家人搭伙，一餐人民幣二十塊錢。一桌豐盛的雲南家常菜：雲筍炒蛋、醃菜木耳炒肉、菌菇雞湯……大家舉起酒杯喝大理啤酒，有那麼一瞬間，我覺得謝安得已經回到了他大理的家。

太神奇了，他竟只花了二十四小時，就在我還在昆明漫無目的晃蕩的時候。我不確定他是否已跟阿毛一家說來大理的目的，因此不好擅自白目發問，但他自己卻開口了。

「美雅桑，下午你可以自己在古城裡晃，也可以在這裡休息，阿毛要繼續帶我去才村碼頭找我媽。」

「已經開始找了嗎？」我驚訝他的超高效率。

「現在全古城的人都知道他是李金花的兒子，問是哪個李金花？他就說年輕時候在廣東的夜總會當過酒小姐的！這樣問誰敢承認啊?!」阿毛說完跟著爸媽姊姊哈哈大笑起來。

我第一次聽到阿毛講這麼一長串話，在這之前他都像個配合演出的小跟班，現在反過來嘲笑謝安得。我開始覺得他們這個組合很有趣，阿毛一家人全都真誠質樸，沒有生意人的習氣，如果接下來的事情與真相，不要那麼快發生，我想，我會像謝安得一樣，在大理住上很久很久。

下午，我自己拿著一張手繪古城地圖，照謝安得指引的，沿著人民路往上走，首先路過的是酒吧「九月」，白天沒有營業，門外擺了一些CD。這是茉莉走過的路，這讓我莫名興奮，我其實還搞不清楚我和她的關係是什麼，為什麼要追蹤她的足跡呢?真的見到她，要跟她說什麼呢？

「我是高永健的情婦，問是哪個高永健，就說是在某某大學搞師生戀剛被革職那個……」

帶入阿毛剛剛的句型，我感到自己無比愚蠢，比起謝安得明確的目標，我是真心來懺悔的嗎？

看茉莉後來的發文，她最近似乎跟著書店團隊在麗江和大理中間的沙溪籌備新書店，看起來是個仙氣芬芳的小城，也許哪天我會臥底成一個普通觀光客，躲在人群偷偷看她。

人民路的盡頭是蒼山，午後的陽光越過蒼山頂，明晃晃地灑在石板路上，周圍遊客如織，悠閒之外還有某種態度，自由的、清新的、和平的。有時我們因為過於放鬆，就在旅途上輕率地分享秘密，太有自信以為聽取的人只是過客，只是一個旅途中的樹洞。

在京都和謝安得單獨去鴨川邊喝啤酒那晚，他把他的身世與大理尋母計畫告訴我，我則回報以河堤社區不倫情事，也把茉莉的ＩＧ大方地給他看。我們彼此信任，他還把一張當年匯款到大理的收據拍照檔傳給我。

我不知道我是自以為是，還是真的想幫助加快他的尋母進度，或是看不下去他和阿毛天兵天將的嘟嘟車沿街放送。總之，當我走到人民路復興路口，看到街角的那家銀行時，我決定進去試試運氣。既然昆明的大叔說幸運會越用越多。

我填了一張匯款單。收款人與帳號就照著謝安得「分享」給我的照片上填，接著抽號碼牌，抓好台胞證和一張一百元人民幣鈔票，悠閒古城需要來銀行辦事的人並不多，很快就輪到我了。

櫃台（又是一個大叔）收過我的匯款單，端詳半天。

「你要匯給李金花一百塊錢人民幣，對嗎？」

「對……」

「她是你什麼人？」

「是我親戚的親戚……我親戚請我來大陸的時候匯款給她。」

「一百塊？」

這根本像是在買樂透般扮家家酒。

「對不起我填錯了，是一千塊。」我把手伸進隱藏腰包，小心地掏著錢，萬一真的匯成功了，就當給這位金花阿姨的見面禮吧，我暗自禱告希望自己不要玩太大了。

「有她的電話嗎？」

「我……我親戚沒告訴我，你們銀行資料應該有紀錄吧？」

「有……」大叔專注盯著電腦，在鍵盤上用力敲了幾下。

「那可以抄給我嗎？我也想要跟她聯絡……」

能要到電話就太好了！

「但是，姑娘，你說她是你什麼人？」

「親戚的親戚……」

「這是人頭帳戶，好幾年前已經被停用了。」

「人頭帳戶？是什麼意思？」

「就是詐騙集團買了個假身分，來這裡開了個假戶頭。但是錢是真的進來了，也真的被領走了，領去哪我們就不知道了，前幾年抓不到，後來抓到，就趕快把帳戶凍結了。」

「但是李金花……是真的有這個人的，她跟我親戚生了一個小孩……」

「這只是一個假人，詐騙集團花招很多的，要個漂亮小姐跟你玩一玩，然後去偷抱一個小孩來，說我生了你的孩子，我需要錢，匯到這裡給我，這在我們這裡常聽到。」

李金花。假人。偷抱小孩。

不，這不會是謝安得的案例，據他說，他長得跟他爸一模一樣。

「那這張，我幫你作廢了啊？」

我只能訥訥點頭，走出銀行。

謝安得知道了嗎？我眼前只有一條筆直的回程的人民路，但眼前的問題分成好多選項與岔路。

如果他知道了，他現在是在演哪齣？

如果他知道了，我應該讓他知道我知道了嗎？

如果他不知道，我應該告訴他嗎？

回到我在大理等你時，他們也回來了，一樣是無憂無慮的天兵二人組，從碼頭的菜市場帶回一堆新鮮蔬菜，說晚上去吃烤魚。

這是大理的第一夜，我們讓阿毛帶著夜探古城，有幾個新來的住客也加入，最後我如願以償去了九月酒吧，雖然沒有演唱，但煙霧彌漫的微醺空氣，仍使一切醉人美好。

阿毛問起我們怎麼認識的？謝安得搶先回答：「在京都，美雅桑來我打工的青年旅館租腳踏車，結果她把腳踏車弄丟了，我陪她去找。」其實，完全正確。我也就沒補充。在路上，我們把之前的人生切出一片，擺盤上桌，加入各地旅人一人一道的派對，好吃就好，夠吃就好，不必全盤端出。

我仍猶豫著，我該不該讓謝安得知道。與其說我不急著揭開謎底，不如說，我還找不到時間和他兩人單獨相處。而如果，接下來發生的事，跟我去銀行這件事次序對調了，又會怎麼樣呢？

隔天一早，我在交誼廳吃阿毛姊姊幫我做的稀飯和荷包蛋，謝安得走進來了，我不知道他是不是來吃早餐，但他看到我，更正確地說，是看到屋子裡只有我，便反射性地想往外逃，我叫住他，他未轉身。

「你再跑我會追出去哦！」我故意大聲。我不知道他在躲什麼，但他一定有事情沒讓我知道。昨天他全日無休地忙著跟阿毛耍寶耍帥，好像也都是為了防堵住我可能開口問任何事。

現在他別無選擇地走回來，坐到我面前。

「你在躲我，我可以不住在這裡、不跟你一起玩，但我想知道為什麼。」

「不是這樣的。」他眼神閃躲，低頭想著怎麼說。

這時，阿毛姊姊從裡面走出來了，抱著一大落洗好疊好的衣服，放在椅子上，看到謝安得順口說了：「小謝，你來得正好。衣服都幫你洗好了，等一下記得抱回去。」說完又轉身進去打掃了。

破局了。

「你才來兩天就這麼多衣服要洗嗎？」自己說吧，拜託，我不想咄咄逼人。

「其實，我來快一個月了，我不是故意騙你的。」

我仰頭把整碗粥一飲而盡，把空碗盤收到水槽洗淨，那只有碗盤碰撞聲的空檔，好像要吵架的前奏，但其實不是，只是一種準備的姿態，準備離開。我走到他身邊，想像他已經知道了昨天我在銀行知道的資訊（李金花。假人。偷抱小孩），輕輕拍拍他肩膀。

「走吧，我們換個地方聊，看你覺得哪裡好。」我背上隨身小包，往外走。

他跟阿毛借了嘟嘟車，這次，終於只剩下我們兩個。我遺傳了我媽的方向感，知道他往人民路的另一頭開，出了東門，往洱海方向。

洱海不是海，是一個內陸湖，恆常倒映著晴空，湖水碧藍。謝安得熟門熟路地在一處私人棧道停下，翠綠水生植物茂密。我跟著他，坐到木棧道上。

「我想說一下，你來京都前，跟離開京都後的事。」他平靜地說。

現在是閃回嗎？我原以為我只是傾聽者，與我並無關，但我說，好，你慢慢說。

他看了我一下，覺得我坐得太靠水邊，要我後退，他才肯說，我照做。他走到我前面轉身坐下來，背對洱海，面對我。

「你來京都之前，我和愛鳳桑，其實發生過幾次關係。」

我真的暈眩了，雙手支在地上。

「不過真的在你來之前就結束了。」他補充。

「然後呢？我離開後又搞了嗎？」我無法冷靜。

他搖搖頭，「沒有，我不是比你晚一兩個禮拜才回台灣嗎？那時，愛鳳桑告訴我，她懷孕了。」

懷孕懷孕懷孕。這兩字罩住我兩隻耳朵，迴旋不斷。

我坐不住，站起來，往前往後走，他老鷹抓小雞似地張開雙臂，在水邊搭建行動人肉護籬，怕我跳海。

什麼銀行，什麼李金花的，我已經全部忘記了。

「她說她想生下來，叫我絕對不要告訴你。」老鷹翅膀一邊上下揮，一邊急著把話講完。

也就是說，我和她在榻榻米套房一起躺著睡去的那些夜晚，其實都是三人同寢，而我以為的三人出遊，那些大原三千院、鞍馬貴船、嵐山渡月橋、東福寺、伏見稻荷……全部都是四人同行。還有，我的媽呀，我的媽從頭到尾菸酒不離。

「那你為什麼告訴我？」

「因為我不知道怎麼面對你。」他說，「其實我覺得很害怕、很後悔，所以我回台灣幾天之後就決定提早出發，先跑到這裡來。」

「這裡可以幫助你忘掉，對嗎？直到我又追來？」

「其實跟你無關，我覺得我自己很像我爸，到了一個地方，跟一個女人睡覺，然後就有了一個兒子，這種複製命運讓我覺得很可怕。」

沒關係，我曾經也覺得我複製我媽的小三命運讓我很想跳河。

我不知道我們現在是什麼關係，應該互相安慰、打氣、相濡以沫？

物理上來講，我們的關係是，他是我同母異父的弟弟的父親。

「等一下，剛剛你說，兒子？知道性別了？」雖然這不是重點。

「嗯，愛鳳桑說，她覺得是兒子，因為跟她懷兒子的時候感覺很像。」

我從沒想過我媽還可以懷孕生產，沒想過我會有一個跟我相差快三十歲的弟弟 Made in Kyoto。

「對不起，我不知道她還會懷孕……」在說了對不起之後，老鷹翅膀完完全全垂下來了，他只是一隻無辜的受傷小雞。

「你不用道歉，你沒做錯事。」我說，事實也是如此。

「我說我想負責，她說，你好好過自己的生活，好好變成自己想變成的人，這樣就是負責了。」

連愛鳳，即將在京都，產下她的第三個非婚生子女。我該阻止嗎？我能阻止嗎？

「你說是我去京都前發生的？」

「對，最後一次，應該是二月中下旬。」

謝謝，我沒有想知道那麼仔細。現在變成醫學的問題了，到現在是四個月，我拿起手機，用翻牆 SIM 卡的 4G 上網訊號，搜尋「人工流產安全」，在人間仙境洱海邊。

「但你不要讓她知道你知道了。」精子提供者如是說。

也許這才是重點，她沒有想讓我知道，她要我自己好好過自己的生活，好好變成自己想變成的人，好好對自己負責。

我的確不該知道。

我甚至也不該知道我同母異父的弟弟的親生父親的親生母親——可能只是一個假人，一個詐騙集團的假戶頭。

我必須走了。

「我想走路，我知道怎麼回去。你別擔心。」

我往回走，洱海與大麗路之間是一畦畦連綿的稻田，樸實村人知足地在田裡耕作，是一幅無邊無際療癒人心的田園牧歌，我想把我知道的做過的說過的，都丟在這裡。

有一台農用三輪車經過我，停了下來。老夫妻穿著雨鞋，應該是工作到中午，要回家吃飯了。車上的老奶奶說著我聽不懂的白族話，遞給我三穗黃澄澄的玉米，我不斷點頭說謝謝，她熱情搖手搖頭說沒事沒事。無邪的笑，至善至真至美。大理，我如何才能不離開？

回到我在大理等你，我把玉米放在餐桌上，進房間收好背包，跟阿毛姊姊說，感謝她的照顧，我得走了，希望我很快可以再回來。姊姊不明所以，也只能客氣地笑，說，歡迎隨時再回來啊。旅人各有苦惱秘密，專業的經營者已學會不介入。

「吃午飯嗎？」

「不了，早餐太好吃了，我還很飽。」我說的是實話。願我留在這裡的，與這片土地人民交換的，全是善意。

「小謝呢？」她問。

栽到海裡了。

「我們沒有一起，可能待會就回來了。」我說。

「你去麗江嗎？我幫你問一下有沒有拼車？這樣會舒服點，現在正好退房時間，應該有車的。」

我點頭，感激不盡。

我聽到阿毛姊姊輕輕柔柔的、充滿三聲與輕聲的大理腔，打給車行或個體戶司機聯繫。

「十分鐘到，一百塊，送到麗江古城，可以嗎？」

我說太好了，無縫接軌，幸運不過如此。

我和背包上了一台四輪傳動七人座休旅車，車上連司機已有六人，後座兩排分別坐了兩人和三人，看起來各是兩人同行與三人同行。我坐上前座，出發。

司機（又是一大叔）問我，來雲南第幾天了？

「第三天。」

「昆明去了嗎?大理待了幾夜?」

「昆明一夜、火車上一夜、大理一夜。」

「怎不多玩幾天?散夥啦?」

「我沒跟誰一夥。」

「旅行就是這樣,幾天跟一群人,過幾天變成一個人,又過幾天再跟另一群人,再過兩天,又是一個人了。」

我說我明白。

「到麗江就先別動了啊。」大叔叮嚀。

國道214,一路往北。

開出大理城的時候,我彷彿看到謝安得和他的嘟嘟車與我擦身而過,他身上和頭髮全是濕的,是跳進洱海裡游了一圈吧,他繼續奔向田野,消失在休旅車的後視鏡,而他的車尾綁上了一條白毛巾,隨風飄搖。我認得那條毛巾。

同行二人。

7 成都虹光身

拉薩高度適應的第二天，來到海拔三千八百公尺的哲蚌寺。藏傳佛教寺廟的建築以大片的白為底、頂上是紅色、邊條飾以黑色，誰知道代表什麼？導遊問。

黑色代表力量，紅色代表智慧，白色代表慈悲。原來，慈悲要大於智慧，而智慧要多於力量。然而大片白牆在高原日光照耀下讓人炫目，我們只能把墨鏡戴牢，慈悲罩上了有色濾鏡。

雖然前一天經過了布達拉宮的訓練，大夥心肺已與高原稀薄空氣愈來愈融洽，但哲蚌寺地處郊外，更空曠、更遼闊，一座喇嘛村連著一座喇嘛村，沿山而築，爬不完的梯階。藏人導遊一邊解說一邊打氣，更時不時耍寶合照，全團男女老少無人喊苦，人來瘋跑跑跳跳時，導遊還得維持秩序，悠著點大姐，別跳啊大哥。

進入大佛殿之前，先是一座長木梯，上到一寬闊平台，又得登上一道彎拐的露天鐵梯，一位剛剛還活潑說笑的女團員爬完第一道樓梯後，突然倚著牆，臉色瞬間嘴唇發白，雙眼無神，雙腿到軀體像一條真絲圍巾，慢慢垂軟到地上，導遊趕緊過來，一邊翻著自己包包，一邊問誰有糖果！快！

我遞上維他命C口嚼片，這可以嗎？女團員的丈夫遞上水，幾秒鐘的時間，她像重新活了過來，恢復血色與力氣，說：我剛剛好像見到阿彌陀佛了。別亂說話，導遊和丈夫扶她起來。沒事了，往上走吧，加油加油！她擠出微笑，反過來鼓勵大家。

全團人繼續往上走，進入最高的主供佛大殿。供的是未來佛，也就是彌勒佛，又稱強巴佛。大家已知道參拜順序，依個人心意一塊錢或五塊錢紙鈔人民幣隨喜、合掌恭敬禮佛、習慣大禮拜的也可以拜三拜。我跪拜後退到旁邊，瞻仰巨大佛像。導遊最後進來，與前面去過的幾座寺廟一樣，他向住持喇嘛打招呼。

他說的是藏文，我只聽得懂一句札西德勒。

但是，在此時此地，空氣中像外掛了一個同步翻譯軟體或ＣＣ字幕一樣，我看著導遊嘴唇在動，而他對喇嘛說的一字一句，我都聽得懂。

「喇嘛您好，平安吉祥，我又帶團來了。不好意思，我們有位團員剛剛身體不太舒服，想請問您有沒有什麼水果或是收下來的供品？可以讓她補充點營養？」

他彎著身體雙手合十說完，無比謙卑，無比恭敬。

是嗎？內容是這樣嗎？我雙重震懾，一是震懾於導遊的善良真誠，二是震懾於我竟然聽得懂，那並不是藏文翻譯中文，我聽到嗡嗡而過的聲響仍是藏文，但同時有一股更直接的力量，像光一樣的訊息，直接照射。我接收對了嗎？

穿著藏紅色僧袍的喇嘛轉身進佛堂，從佛前取下兩顆蘋果，交給導遊：「別客氣，別客氣，我的孩子。」

訊息接收結束了。

導遊把一顆蘋果給剛剛癱軟的女團員，一顆收在包裡，以備不時之需。我以為我被「開」了什麼，但後來的行程，我沒再聽懂過任一句藏文。

稍晚我們到八廓街的茶館晚餐，我把上述玄秘體驗告訴導遊。他也嚇到了，他表示，一字不差。

那不同於感應式的頭麻手麻或痛哭流涕，而是更直接的開啟或開通，某個訊息的甬道被打通的感覺，雖然才過幾秒它就關閉了。

「孩子，那就是慈悲啊！慈悲超越一切語言。」導遊比我小至少七、八歲，是個爽朗大男孩，但他叫我孩子。

但我的慈悲就那一下下嗎？

他從包裡把另一顆蘋果給我，「供過佛的，吃了會力量增長、智慧增長、慈悲增長。」

這是好多年前的事了，現在只要吃到蘋果，我就會回想一下哲蚌寺的白牆與階梯，那或許是通往我心慈悲的秘徑。

#拉薩

#希望你也在這裡

沒有生老病死，沒有痛苦憂愁，相愛者永不變心。

這行字以花俏的毛筆字寫成，在路邊的大型看板上，搭配一對穿著納西族傳統服飾的男女看向遠方的照片，背景則是白雪皚皚的玉龍雪山，麗江的標準主視覺。

看板之外，路的盡頭，便是真正的玉龍雪山。事實上，近年已經因為地球暖化，冰川融去不少，現在是夏天，看上去僅是灰灰綠綠夾一點白線，沒有雪的雪山還叫雪山嗎？我想問的是這個，但導遊問的是另一個。

「千年冰川都可以融化了，人生還有什麼過不去的嗎？」

導遊是個藏族姑娘，直率爽朗正能量，沿途不斷發送可以當文案的勵志雞湯。例如剛剛，遊覽車開進旅遊紀念品店停車場，目的是讓大家採買氧氣瓶，但全車男女老少看起來都呼吸順暢沒人需要，導遊便說了：「我老實說你們買一瓶二十塊我抽五塊錢，如果你們不幫我出這口氣，我今天就只是賺公司發的一百塊錢。」

好好好，幫你出口氣，有大叔應和嚷嚷了，全車響應，每人掏出人民幣二十塊紙鈔，換回氧氣一瓶。我是所謂孤鳥散客，因為一個人，就坐在第一排座位曲珍旁邊，待曲珍拿下麥克風，我低聲問：「那能不能我把二十塊都給你，我不要氧氣。」

曲珍拒絕了，說我是專業導遊，不能這樣。千年冰川都可以融化了，還有不能這樣不能那樣嗎？

我們的目的地是雲杉坪，古稱玉龍第三國，傳說中納西族男女的殉情聖地，如果兩人愛情受到阻撓，就相約來這裡自盡，以到達永遠相愛的境地。「為情而死，為愛而生。」曲珍說，「這兒就是進入理想國度的窗口。」

大巴車已停在停車場，曲珍俐落地下車取了一疊票，站在車門邊，發給一人一張，同時叮囑十二點準時在這兒上車。全車除了我，由兩人到八人不等的散客組成，現在大家各自拿著票，排隊搭纜車，大部分人還在跟地標及纜車站拍照，我趁機脫隊，先排隊了。一個人的好處是移動快速，纜車六人一部，我和完全陌生、連種族都看不出來、口音都聽不出來的一家五口同車，他們禮貌地微笑點頭。

「小姑娘從哪來？」

「台灣。」

「啊，寶島啊，寶島好。」

結束。很好。溫良純樸而安靜的一家人，奶奶、爸爸、媽媽、另一個應該是媽媽的姊妹，還有一個青少年兒子。孫子始終握著奶奶的手，奇怪的是一家人並不拍照，害我也不好意思拿出手機，只能看向窗外。

麗江無歲月。我離開大理後直達麗江，喧鬧庸俗的酒吧與紀念品店大本營，住在古城外圍的小旅館裡，每天靜靜外出散步，靜靜吃早餐的綠豆稀飯和饅頭，捱不住孤獨了，就隨便報名參加散客拼團的一日遊，去周圍的束河、白沙等古鎮，不知不覺過了一個月。

這一個月完全沒有謝安得的消息，我媽大約一、兩個禮拜會傳個訊息說：「報個平安吧。」我回：「平安。」

確定彼此還活著，最低限度的親情羈絆。我無法去想曾經連結我的臍帶的她的臍帶，現在又連結到另一個胎兒了。這事像一頭大象，沉默橫阻，但所幸雲南跟京都隔著一片大陸一片海，我不會沒事去撞到大象。

這是我第一次要離開麗江這麼久，其實不過三天兩夜，把大背包收拾好寄放在櫃台，整理出一個小背包，輕裝出發。前一天在旅遊代辦處買的套裝行程，雲杉坪之後，會到虎跳峽，再到香格里拉。不知道如何離開一個地方時，參加一個旅遊團是最快的方式。團員們只是共度一程的旅伴，理想不同，便可各自單飛。旅遊切結書上說，團員若在中途選擇自行脫團，概不負責，有人在岔路口就想下車了，說雲杉坪去過了沒意思，曲珍說風景如何是其次，重點是這裡是理想國度的入口。

然而，理想不同，入口會相同嗎？

纜車到站，我和靜默好人一家再度散夥。

森林裡有幾組人在拍婚紗，新娘的白紗禮服蕾絲寬尾平鋪在碧綠草地上，額前戴著鮮花編成的花圈，另一邊則是納西族傳統服飾，兩人在攝影師的指導下，擺出難分難捨的姿勢，又有點像創世紀。殉情聖地變成了婚紗勝地，其餘無目的的遊客都成了不重要的路人。

紀念品店放出的歌曲卻讓我心跳漏了一拍，接著心跳一聲一聲撞著耳膜。是高原反應嗎？我從背包側袋抽出氧氣瓶，罩上鼻孔，深吸一口，還好有買這一口氣。

壓住，深吸三秒。

該你多少在前世，如何還得清？

的確，這來自寶島的經典情歌的確很搭這殉情主題樂園，許景淳的〈玫瑰人生〉。其實這不是我年紀會唱的歌，會深深植在記憶裡一喚即出，是因為這是我媽的招牌卡拉ＯＫ金曲，每回必點，每唱必滿堂喝彩，她真的唱得好，坐在我家飲酒作樂的大人們便會說起我媽參加過五燈獎，輸給了張惠妹。又說起張惠妹唱到四度五關因為忘詞被刷掉，後來又回來從一度一關開始唱起，就是在張惠妹第二次要挑戰五度五關那一輪，連愛鳳上台和她ＰＫ了，唱的是〈玫瑰人生〉，而張惠妹唱的是葉璦琳的〈愛的憧憬〉，張惠妹拿到了五個燈。

我心盼望，讓濃情一段，隨時光流遠，再回到開始。

我媽唱卡拉ＯＫ總是唱得很投入，唱到表情很痛苦，幾乎就要哭了。我小時候曾經等著媽媽眼淚掉下的那一刻，但隨著哪個阿姨下一首歌點了張惠妹的〈姊妹〉，她馬上阿妹上身，又扭又跳。喔耶。

如果沒人連著點，她就會點〈愛的憧憬〉，好像某種不甘心，再多唱一次就會贏，但是張惠妹再也不需要參加五燈獎了，所以我媽只能在伴唱帶裡練到感覺自己好像已經贏過她。

音感或歌聲會不會遺傳？我不知道，我不是愛唱卡拉ＯＫ的人，既然沒有興趣，大概也沒什麼天分吧。

莫忘記，就算在冷暗的谷底，只要你將該我的還給我，我也以最熾熱的還給你。此情不渝。

我拿出手機按下語音鍵，對著販賣部的喇叭錄了一段，發送給我媽，外加一個訊息：「我在麗江聽到的」。

秒已讀，這麼快，是躺在榻榻米上養胎滑手機吧，肚子很大了嗎？秒回：「很好聽」。

最低限度的回應。廢話，原唱當然好聽。

上一次聽到〈玫瑰人生〉，是剛上大學不久，自己一個人在河岸小套房，看了金曲獎頒獎典禮，在緬懷音樂大師橋段，演出嘉賓張惠妹上台演唱組曲，一連幾首歌的作詞人或作曲人都剛離世不久，其中包括〈玫瑰人生〉，作曲編曲的張弘毅大師幾年前在上海驟逝。

就是那次，我上網找五燈獎所有和張惠妹ＰＫ過的參賽者影片，並沒有找到連愛鳳。

唯一與我小時候聽到的傳奇相符的，只有張惠妹最後一關真的唱了〈愛的憧憬〉，也真的拿了五個燈，但是挑戰者是一個戴眼鏡穿白色西裝的男士，唱的是聽起來熱血沸騰的〈變色的長城〉。

我沒跟她求證過這事，就算問了，她也可能說哎呀都是那些阿姨在亂說，一句帶過。張惠妹拿到五度五關是一九九四年，我三歲的時候，我們還沒搬進李福地在重劃區蓋的獨棟別墅，母女兩人住在精品店的夾層，但我完全沒記憶了。所以連愛鳳的記憶裡有一條是把我託給保母，自己去台北進貨時，順便去參加了五燈獎，是這樣嗎？

纜車站出來了一群遊客，有些是與我同團的，有些進了紀念品店，這時音樂又回到高分貝連環轟炸的納西情歌，阿哥阿妹把手牽，相親相愛到永遠。

我戴上耳機，搜尋到〈愛的憧憬〉，往纜車站走去，循環運轉的纜車，上來了就得下去，在盡頭轉個圈，並不降速，靠工作人員一把抓住，遊客自己靈活一蹬而上。不知為何，我很愛那個略帶刺激的 timing，纜車門一扣，來到與外隔絕的小機艙，而窗外是絕世山景、理想國度。

假如去流浪，能去哪裡？

孤獨的我能帶著什麼去找你？

原來〈愛的憧憬〉歌詞是這樣啊，共時性全開。

下到停車場，遠遠就看到曲珍激動地在遊覽車旁邊來回走動，比我在洱海邊聽到我媽懷孕還激動，她一會彎腰，一會仰天長號，一會下跪，一邊拿著手機用情緒澎湃的藏語聯絡事情。

即使語言不通，也知道應該是發生了嚴重的意外事件，即使才認識半天，即使我冷僻孤絕，也知道應該要去關心一下她。

待我走近，她已經從車上拿下自己的隨身小包和一個旅行袋，我問她發生什麼事了嗎？

「我的上師圓寂了！」她淚流滿面，我想掏面紙遞給她，但突然意識到擁抱可能是更直接的方式，我張開手，她也撲上來，我拍著她的背，原本對我來說很彆扭的動作，現在如此自然。我聞到她身上的酥油茶味，還有一點皮脂味，但並不難聞。

「我要去成都，等下會有一台車載代班的導遊來，希望你們多擔待。」她恢復專業導遊語氣。

「怎麼去？」

「就搭那台車，今天半夜就可以到了。」

曲珍身上有一種，我說不出來是什麼東西的東西，讓我心裡堅硬的部分瞬間融化。她奔赴到上師身邊的決心、她對上師的愛、她對信仰的熱情……這都是我陌生的東西，但某個東西跳過了理性的思考。

「搭飛機吧。」我脫口而出，「我隨喜你。」

隨喜，我第一次說出這兩個字，不知道有沒有用錯。

「你是說……」她眼睛瞪大，不可置信，注滿感激。

隨喜，好像有金錢的，也有行動的，於是我補充，「我是說，機票錢我來出，然後，我也跟你去，可以嗎？」

「當然可以！」她接著說了上師的名字，一連串什麼什麼教派傳承，她覺得我應該跟很多台灣人一樣勤跑道場，但其實我完全聽不懂，我只是想去。她說可是你應該還有大行李放在麗江的旅館，我說無所謂，都不是重要的東西。

我們上了一台陳舊的手排小轎車，底盤幾乎可以感受到路面的每一顆石礫。這車真的開得了十二小時開到成都嗎？我很慶幸我們選擇的是飛機。在車上，曲珍打了好幾通電話聯繫，藏族人一接通，以「噢」取代喂，我聽到了「噢札西」、「噢洛尼」，後面就聽不懂了。

「我還不知道怎麼稱呼你？」曲珍問。

噢，這句是漢語，她在跟我說話了。

其實過去這個月在麗江被叫小連或小雅我都覺得不太自在，於是我用漢人社會的社交禮儀說法：「我姓連。」

「哇，蓮花的蓮嗎？那我叫你蓮花好了。」

很好，走了一個金花，來了一個蓮花。

「蓮花生大士的蓮花耶！多吉祥！我的上師直傳給我的法，就是蓮花生大士心咒：嗡啊吽　班札　咕嚕　貝瑪　悉地　吽。」

曲珍要我跟她念幾次，我念了幾次還是不順，笑說等緣分到吧。

「那蓮花你為什麼會來到這裡呢？」

氣候好、空氣好、風景好、人好……這些過去一個月也都講爛了，剛剛成為一朵蓮花的我，決定對曲珍講出真正的原因：「我媽媽做了我不能接受的事……」

是嗎？最初的原因不是我做了我不能接受的事，我想去找到老公被我睡了的那位女士，向她道歉嗎？

「哦，我上師說，因為我們都還在輪迴之中，所以會犯錯是正常的。」

「你覺得一個四十五歲的女人懷孕正常嗎？」

「那代表她身體好啊，是好事。」

「那如果這女的是你媽呢？」

曲珍頓了一下，「她懷的是你爸的種嗎？」

小破車的司機原本裝聾作啞，此時失守噗哧一笑。

「不是。」我說。

「喔喔。」曲珍不知該回什麼了，她說：「念經吧，然後迴向給她。」

她拿出一個像戒指的計數器，套在食指上，口中念念有詞，拇指有節奏地在計數按鈕上按壓。一拍，又一拍。

我再次戴上耳機，按播放。

假如去流浪，能去哪裡？

孤獨的我能帶著什麼去找你？

有個人把一隻剛孵化的小鳥養在玻璃瓶裡，小小隻的鳥兒很可愛，他每天餵著、看著，覺得很開心，但是小鳥越長越大，身體撐滿了瓶子，瓶口瓶頸太小，沒辦法把牠倒出來。要怎麼樣才能不打破瓶子，又把鳥兒救出來呢？

在飛機上，曲珍問我。

我正看著窗外連綿的雄偉雪山，讚嘆不已，心想真的要看雪山就買張機票上高空，這比買這個那個纜車票入園票都划算。

我以為是腦筋急轉彎還是智力遊戲，很認真地想，這個作業對我來說可能比背藏文咒語還簡單一些。

「倒一些油進去？」我胡亂給個答案，當作拔手鐲。

曲珍搖搖頭。

看著勁拔的白色山稜，這才是沒有生老病死的國度吧，我突有了靈感：「把瓶子和鳥帶到一個時間倒流的地方，瓶子不會變，但鳥會慢慢縮回最初那樣小小一隻，這時再把牠倒出來就好。」

「哇，這是我第一次聽到這答案，你真神！」曲珍稱讚我的時候拇指仍一下一下壓著計數器，她說她是散念，一邊做著事，還是可以繼續念佛。

「不過，也不對，」她說：「正確的答案是，想著這個問題的我們，其實就變成瓶中鳥了，我們一樣被問題關進去、限制住了，只要我們出來，問題就不存在了。」

「好難。」

「是吧，你媽媽是鳥，她跟別人懷孕的事是瓶子，這兩個東西塞在一起，讓你痛苦，所以糾結著這個事情的你是鳥，這件事是瓶子，這樣下去就沒完沒了了。」

曲珍舉起右手、左手，把兩手一撞，再兩手一攤，空空如也。我覺得這動作與畫面有點熟悉，原來是幾年前紅過的 Apple Pen 日本搞笑舞，那年系上尾牙，高永健和他的研究生們上台跳了這個舞，高永健披著豹紋圍巾扭腰擺臀擠眉弄眼，那時我完全沒想過會喜歡上這個人或者跟他發生關係。

那就是了，高永健是鳥，和他的幾夜情是瓶子，時光倒流，流回我還沒喜歡上他的時候，鳥就縮小、飛走了。

我再想，我媽是鳥，她亂搞是瓶子……不行，我還是困住了。

「好難。」

曲珍說，那我再給你說另一個故事。

有位修行很好的禪師住在山上，山下村落的人們都非常崇敬他。但是有一天，村裡有個未成年少女懷孕生小孩了，她的父母非常生氣，問她：小孩是誰的？少女很害怕，她不敢把男朋友名字說出來，於是說：是山上禪師的。

父親把嬰兒抱到山上寺廟丟給禪師，對他辱罵一番，說：這小孩是你的！你要負責。禪師只說：「哦，是這樣嗎？」就把嬰兒留下。村子流言四起，不再有人來禮敬供養禪師，但他還是每天做他該做的功課，踏實地生活，種菜、劈柴、托鉢，含辛茹苦把嬰兒養大。

過了幾年，少女成年了，和男友的關係公諸於世，準備結婚，少女才愧疚地對父母說出實情。這位父親又跑到山上來，向禪師道歉，說這個親生孫兒他必須帶下山了。禪師和小孩朝夕相處，對小孩付出無條件的愛，把小孩當作自己親生骨肉一樣照護，不可能不心疼，但他一樣只說，「哦，是這樣嗎？」就讓小孩給帶走了。

事情無論是好的壞的，來到我們身邊，我們就算出不來，也可以開始練習說：哦，是這樣嗎？

你不要把自己擠進去玻璃瓶裡，小鳥、瓶子，我、煩惱，其實都是不存在的。

這些都是上師告訴我的，其實我也還在練習。曲珍謙虛誠實地說。

八十分鐘的飛行法雨，飛機就要降落，曲珍雙手合十做了一個像是祈禱又像迴向的動作，小聲說：「蓮花，現在起我要禁語了，我要一心不亂幫上師念經。」

她眼睛閉上，寂然不動，在飛機的引擎聲中，我還能聽見她右手拇指尖發出的輕微按壓聲，規律的一下、一下，如木魚敲擊。

我也想幫她念，但怎麼樣都想不起來剛剛那句咒語。

我以為我們會來到某座寺廟，但卻是市區的一處素樸低調的住宅區，進到中庭，有棟樓前站滿了人，每個人手上恭敬垂掛著白色圍巾，曲珍說那叫哈達，她也託人幫我帶了一條來，我感謝她。大家除了念經發出的嗡嗡聲響外並不交談，約莫過了二十分鐘，電梯裡出來了幾位喇嘛，用藏語說了幾句話。

曲珍沒翻譯給我聽，只說：「蓮花，你福報太大了，你要仔細看。」

電梯第二次開門，出來的，是另外幾位魁梧的喇嘛，穿著藏紅色長袍，四人聯手抬著一尊約莫五十公分高的神像，神像的黃色法袍垂到地上，五彩頭冠則明顯比頭臉大上許多，以至於我看不到臉，幾位弟子一擁而上，有些在原地下跪，雙手高舉哈達，有些人跪拜同時急切拿出手機錄影拍照，幾位女弟子失聲啜泣，以藏文念著上師的名字，我才驚覺那不是木造或金造的神像，而就是圓寂的上師本尊。

曲珍在飛機上給我看過她和上師的合照，是一位高大挺拔的長者，現在縮到了一肘高。修行圓滿的高僧到了捨卻肉身的高齡，知道自己即將離開肉體，會告訴弟子，然後自己進入禪房，保持入定坐姿，讓身體慢慢縮小，縮到一個手肘的高度，這叫虹化。在禪定中，身體不腐壞不發臭，只是隨著地水火風四大元素飄散而慢慢縮小，直至金剛不壞。出定時辰到，護關的大弟子會心有感應，才率其他人進入房間，將上師請出。

我跟著曲珍，加入目送的隊伍，走到社區門口，護持的幾人上了一台黑色休旅車，大家目光緊追著車子，我還不敢輕妄開口，曲珍先小聲問我了。

「相信嗎？」

眼睛都看見了。我還聞到了，有一道比薰香更芬芳更純粹的香氣飄過，原以為是路邊的花香，後來才發現那也是虹光身發散出來的。

「我相信……但，這真的太神奇了。」我想不出別的字。

「不神奇，在藏地每隔一陣子有高僧過世就看得到，那代表修行圓滿，看到的人信心會增強，都示現在你面前了，你怎麼可能不相信？你怎麼能夠不用功？」

曲珍晚上要和她成都的藏人同胞們繼續念經用功，她怕我無聊，也建議我難得來到一趟成都（而且花了兩張機票錢）了，還是去到處看看吧，她快速幫我訂了推薦的旅館，推薦我去春熙路逛逛。

我們就要分別了，一天的緣分。交換了微信，留作為緣分延續。

曲珍幫我攔了計程車，跟司機說了旅館名稱。我正要關車門，曲珍突然擋住，遞給我一個東西，說：「給你按最後一下。」

是計數器，上面的數字是9999。

「第一萬下，給你按。」

曲珍念了一遍：嗡啊吽　班札　咕嚕　貝瑪　悉地　吽。我按下。

啊！我驚叫。

歸零了。這根本整人遊戲，第一萬下，回到零。

「因為它最多只能四位數嘛，送給你了。保重啊蓮花。」曲珍幫我關上車門。

她在一天之中念了一萬遍的咒語，然後回到零，送給我。車子開動幾秒，我看到車窗外的天空，出現兩道七色分明的彩虹，橫跨過成都漸暗的天空，像繪圖軟體合成上去一般，在車水馬龍高樓大廈之中。彩虹是最不真實的東西了，但它真實存在。

你還是不相信嗎，我再給你多看一點。我隱約聽到一位調皮長者的聲音。

回頭看，曲珍和藏族姊妹們也正對著彩虹欣喜膜拜。是上師，祂變成彩虹了。

祂把身體縮回很小很小，然後從世間這個玻璃瓶解脫，飛向天空，變成彩虹。

旅館比我想像得高級雅致，招牌上掛著不知真假的四顆星，大廳接待人員穿著燕尾服，實習試用的ＡＩ送餐到房熊貓造型機器人在走廊和電梯間滑來滑去，不斷發出聲音：歡迎來到天府陽光酒店，請問我可以幫您什麼。三百五十塊人民幣一晚含自助早餐，曲珍說是導遊價，也算是我現世做功德的一點現世福報吧。

房間不大，但已經是我出門以來住過最高檔的，大床上擺著一隻小熊貓，熊貓懷裡不是竹葉，而是一片巧克力外加便條紙，寫著：「願您有個好夢」。盥洗備品都是法國有機品牌，衣櫃裡吊著浴袍，但我需要的是一件新的乾淨T恤。成都溫度比麗江高了大約十度，背包裡的長袖衣服都穿不上了。

查了百度地圖，春熙路商圈離這裡走路約二十分鐘，就走路去吧。那附近有一個太古里商場，是老城區再造新生，看圖片名牌林立潮人匯聚，角落有家無印良品，無論如何那兒總買得起。

太古里一大片城郭的灰牆老建築，曾經是官員私宅、商人會館、富豪府邸，而現在掛上愛馬仕、古馳、香奈兒、星巴克的招牌，四周是玻璃帷幕金融大樓，另一頭與古剎大慈寺相連，一個箭頭指標往下，牌子上寫著藏經閣，原來是一家書店。

搭手扶梯直通地下，上下往來的，是一群群斜掛帆布包穿著九分褲小白鞋的文青男女，書店如山洞，鑿出了一架一架的書，還有各式文創商品，從花椒玫瑰果醬到老媽拌麵醬，像極了誠品。

等一下，難道這兒就是茉莉工作的書店？

胡亂鍵入「成都的誠品」查詢，顯示您與目的地相距五公尺。就是這了，我得先去無印良品買一件素面T恤才能壓壓驚，我再次上樓，穿過各名牌精品到達無印良品，用最快的速度挑選結帳。

提著紙袋再回到書店，已經滿身汗。茉莉應該不會是那些穿著黑圍裙的工作人員其中之一，我像偷窺狂一樣找這彎來拐去的地下室可有密道通往辦公室，一轉身，卻已出了書店，另一邊是進口超市，就跟台灣的百貨公司地下超市一樣，賣價格不菲品味不凡的起司洋酒洋芋片，也賣現切火腿和生魚片，內用區小資男女一瓶紅酒一盒拼盤，很像茉莉下了班會來的地方。

如果我到櫃台尋人，會得到什麼呢？我盡量不表現得鬼祟，走近櫃台，拿了一張活動摺頁，是沙溪分店的開幕活動，旅遊系列演講的策展人／主持人印著茉莉的名字，後面括號書店企劃總監，沒錯，千真萬確。

沙溪在哪？應該不遠？如果去到那裡，我可以大方坐在聽眾席，默默注視茉莉總監。我想起連愛鳳曾經是開發總監，這一路在麗江萍水相逢收到的名片，有產品總監、銷售總監、編劇總監、創意總監……他們像卸下頭銜又什麼都沒卸，只是卸下套裝高跟鞋，換上戶外品牌排汗衣Gore-tex外套，說是流浪，介紹起自己時仍是某某總監。回到城市，來到像藏經閣的書店，聽一兩場旅遊講座，心中渴望自由的小鳥想要飛出玻璃瓶，便又萌生去流浪的念頭。

我已在路上，但我飛出來了嗎？我在地底文明商場帝國飛過來撞過去，它只是一個比較大的玻璃瓶，我把摺頁收進紙袋，找到回到地面的上行手扶梯，出了山洞，地面名牌閃爍，遊人如織，而我感到深深孤獨，無目的地拖行。

要轉身再鑽進地下，在身心靈療癒小物專櫃裡挑一盒香嗎？會不會聞一聞比較有安身立命之感？

為什麼早上還在沒有生老病死的玉龍第三國，傍晚還看了瑞氣萬千的虹光身，現在只覺得沉重又茫然呢？體驗與經驗，也就是體驗過了、經驗過了，會留下什麼嗎？我還不是轉身就破功。

「你很喜歡旅行嗎？」在路上的人常互相問。

「不，我不喜歡，旅行太孤獨了。」記得在麗江那家很貴的知名咖啡館，有位戴西部牛仔帽的深圳科技白領男說。

「那你幹嘛還旅行？」咖啡館女主人問。

「因為，不旅行更孤獨！」

我享受著無壓力的、短暫的、不知名姓的、沒有過去未來只有當下的陌生人的風趣與機智，他們的大江大海旅行體驗或大起大落人生（有個大哥說不要不信啊我是黑社會正在跑路、有個大姐說自己出家又還俗又出家又還俗），我只聽不說，他們說什麼我都信，反正與我無關，我只是點了杯咖啡或調酒當作入場券的聽眾，散場便窩回陽春旅館小房間，看小米盒子上的萬年宮鬥劇。

當然，現在我也可以在地圖上再找家咖啡館或酒吧，走進去，聽一點成都旅人故事，但現在我只想回去。回去哪呢？麗江？大理？台灣？

假如去流浪，能去哪裡？

我把手伸進口袋，摸到曲珍給我的計數器，曲珍念的那句跟蓮花有關的咒語我只記得嗡開頭，其他字完全拼不出來，雖然不知道要念什麼或要怎麼念，我還是把拇指輕輕放上按鈕，像她一樣規律按壓。如果傳訊息給曲珍，問她在哪，我能不能加入他們的念經，會不會太唐突？會不會打擾到他們？

現在，至少有那個高檔旅館房間可以回去，可以好好洗個澡，披上潔白浴袍，也許叫熊貓機器人送來客房服務晚餐。那也算是個新體驗了。

我慢慢往外走，步行街連著步行街，電視牆播送著各種廣告，穿過一個綜合商場，中間是美食街，旁邊還有變臉表演，我還有寬窄巷子、杜甫草堂……還沒去，麻辣鍋也還沒吃。也許我該靜下來、好好待上幾天，然後再回到那地下室，看看能不能遇見茉莉，我可以有好幾天的時間思考要怎麼對她開口說第一句話。

走離市中心，進入市井小區，路邊幾個大叔把汗衫捲至胸下，露出肚皮，蹲著吃西瓜，裡頭麻將間傳來刷刷聲響，我向推車小販買了幾顆新鮮無花果和黃桃，希望能接接地氣。

回到房間，如上述計畫進行，但機器人只能掃碼微信支付，我沒有，只得打電話請櫃台人員上來，我抓緊他搭電梯上樓時間把浴袍脫下換上正常衣服，而那隻電動熊貓就站在房間正中央，我不知道它眼睛看哪。服務生把帳記在房費，在熊貓頭上按了幾個鍵，它肚子上的門開啟，裡面是我的晚餐。

終於，我可以舒爽坐在沙發吃裝在錫箔餐盒的黃燜雞米飯。如果不是虹光召喚，我現在應該跟著代班導遊和團員到達香格里拉了。

換上可翻牆的 SIM 卡，每張效期十五天，我帶了整整十二張，半年份，每張只有 1G 流量，我已知道如何省著用，能夠熟悉切換兩種介面。

重新開機，接收了一串歡迎來到四川的訊息後，點開 IG。

茉莉很稀罕地，發了一則限時動態。網速很慢，黑畫面上的白色圓圈旋轉不止，我又扒了兩口飯之後，影像出現了。

四位穿著藏紅色長袍的高大喇嘛，聯手抬著一尊約莫五十公分高的虹光身，圓寂高僧的黃色法袍垂到地上，弟子有男有女恭敬跪成一列，雙手恭敬呈上白色哈達，曲珍，就在行列之中，而我，就在曲珍旁邊，被哈達擋住了一半的臉。看得出來拍攝的人站在最尾端。

這是我下午親身經驗的實景，被茉莉拍下，她加註的一行字，就是我整日搜索枯腸的那句：嗡啊吽　班札　咕嚕　貝瑪　悉地　吽。

鏡頭貼得很近，二十秒的影像，結束在一襲藏紅色長袍上，隨即進入下一段影像，是那道橫跨成都市區的彩虹，茉莉的鏡頭順著虹橋的弧度，畫了一個半圓，結束在街道上，我搭的那台銀藍色計程車的尾燈，如果再放大，應該可以看到回頭張望的我。

我重看了一遍又一遍，我到書店像跟蹤狂一樣找茉莉，而我卻出現在她的鏡頭裡。她是下午拿手機錄影的人？我想不起來了。

這讓我同時發現一件事，就算茉莉站在我面前，我也認不出她，她的相簿裡有腳、有手、有裙襬，最常出現的是影子，但沒有正面的臉，她也從來沒有和高永健出席過學校活動，她在河堤社區進出的身影，也都只是我在腦中想像出來的。我連她是拉旅行箱還是背大背包都不知道，穿著是民俗風還是戶外風都不清楚。

我截了圖，傳給曲珍，不知道該怎麼問。

這位是誰？（我明明知道答案。）

這位下午也跟我們在一起嗎？（我不確定，也有可能是茉莉收到網路影片後上傳。）

怎麼問都不對勁沒禮貌，於是我什麼都沒說，傳上三個雙手合十的表情符號。

曲珍馬上傳了一段語音訊息過來，我點開來。

「噢蓮花，你住得還好嗎？是這樣的，公司幫我排了一個團，從成都接機到康定去，所以我明天早上就會離開成都了，你會在成都多待幾天吧？需要什麼隨時跟我說，別客氣，好嗎？」

我感謝曲珍的好意，但，這文不對題啊。還好，很快又傳來第二則。

「噢蓮花，你發的那個圖，是啊，那是一位在成都工作的台灣居士拍的，她叫茉莉，經常幫我們拍照的。她就跟你住同一個酒店，要不你把房號發給我，我轉給她，你有什麼問題也可以找她的。」

噢，別、別別別……

我按下語音鍵，生硬地說：「曲珍，真的非常感謝你，我今天收穫很多，但是，不用麻煩了，這樣太不好意思了。」

才送出，就看到曲珍已經在微信拉了一個群組：蓮花茉莉，像一種喝了會進入沉靜內心的高級調味茶。

曲珍發了第一則訊息：請問蓮花的房號？若不回，就變得小氣又尷尬了吧，於是我回：１０２０。過了幾分鐘，並無新訊息，很好。

限時動態二十四小時後就會自動刪除，我又多截圖截了幾張。我與茉莉同框了，不對，是我在茉莉的取景框裡了。

我拉開窗簾看成都夜空，外面是一區低矮民宅，並無夜景，當然也無彩虹。我把計數器拿出來，它被我這樣胡亂按著竟也來到五百多下，按鈕旁邊有個小針，我大概明白作用，用力一按，很好，歸零了。

收拾好桌面，我盤坐在地毯，照著截圖上的咒語，僵硬念著，念完一句，按一下。嗡啊吽　班札　咕嚕　貝瑪　悉地　吽。

不知按到第幾下，嗡啊吽　班札……叮咚。一個聲音響起，是幻聽吧，我繼續，嗡啊吽　班札……

叮咚。

清晰無比，從門的方向傳來，是門鈴。

我知道，不是熊貓機器人來找我，也不是服務人員，我平靜起身，走向門口，轉開門把。

一身麻布衫的女子，一張清麗的臉，笑得爽朗。

「嗨，是蓮花嗎？你好，我是茉莉，曲珍請我過來看一下你。」她手上拎著兩顆蘋果，「我不知道你缺什麼，給你帶了兩顆蘋果，這是剛剛供過佛的。」

我接過，努力給出一個大微笑。「謝謝你，」我說：「可能有點冒昧……我是……我是你的讀者，我有追蹤你的ＩＧ。」

她露出了驚訝表情，但馬上恢復平靜微笑，沒有被恭維，也沒有被冒犯。

「哦，是這樣嗎？」

她說。

8

沙溪天堂

「能吐的話，吐出來會好一點。」

在四川甘孜藏族自治區高原的天葬場，茉莉拍著我的背，輕聲對我說。我不知道她對我的溫柔是出於旅伴、導遊、朋友、同鄉？還是單單只是路上遇見的人？但我管不到這個，光要面對自己的肉身皮囊已經夠我忙，我搞不清楚我是高山症突然來襲、是被屍臭猛烈擊倒、感冒、吃壞肚子，還是，煞到卡到沾到？

我不斷乾嘔，卻什麼都沒吐出來，借力使力，深吸一口，讓充塞空氣的屍臭全灌進我的口腔喉頭，再一股腦往外拉扯，胃被抽成真空，像冰淇淋勺往內一挖之後，天旋地轉，有一瞬間，眼前全是黑色的。

我再努力一次，讓乾嘔的聲音與禿鷲粗嘎的叫聲連為一體，彷彿空行母的力量加持，幫著我把身體裡那些腐肉氣味、吃過的食物、學過的知識、快樂悲傷的記憶、父母兄弟、冤親債主、此生的人物設定一股腦往外拖曳，我嘔了一次，又一次，直到周圍全部黯淡，像是攝影棚跳電啪一聲燈全部熄了。

我感覺我置身黑暗之中，深邃無底，這不是要到極樂世界了吧，我還有那麼一絲絲的意志提醒自己，要跟著光走，但我什麼光都沒看到，只有不著邊際的黑，有人說在這時會見到死去的親人來相迎，但我沒見到榮榮、也沒見到外婆，卻好像看到了我媽，連愛鳳，為什麼?!我問她你為什麼在這裡?或許我沒有出聲，只是用意念傳遞，她嘴巴張開，發出一個音，我很熟悉，卻不知道那是什麼，那個單音是「登」，幾個高高低低的音階，由小漸大，清脆立體，隨著聲音沁入耳膜，我媽消失了，我回到了有色的世界。

我回來了，看到了我的鞋子，看到了草地泥土，看到了茉莉遞給我的沾了礦泉水的乾淨手帕，聽到了他們的聲音，問我：「吐了嗎？」

「只是泡沫而已。」我搖搖頭回答。

然後我慢慢抬頭把視線看向更遠，草原、藍天、白雲，天啊是Windows桌面。那麼剛剛那個等登登的音效，我知道了，是開機完成、登入作業系統。

原來我剛剛經驗的，不是瀕死體驗，只是系統更新重新開機嗎？

作業系統，好像一切是從這四個字開始的。

而這，是謝安得說的。

回到成都的房間門口。

雙手接過茉莉給我的兩顆蘋果，不知這算是兩人的起點還是終點，她只告訴我，早點休息，有什麼問題都可以發微信給我，我們便互道晚安，我目送她飄逸的背影走向長廊的梯廳，走了三、四個房間的距離後，她還回頭對我揮揮手，我才關上門。

如果找到茉莉是這趟旅行的目的地，那麼我已抵達，接下來呢？有沒有一個留守人，可以讓我回報呢？京都三人成團的 LINE 群組已荒廢，我發了微信給謝安得：「我找到茉莉了。」

他還在大理嗎？還住在阿毛家的房間嗎？還騎著嘟嘟車晃來晃去嗎？我現在跟他說任何事還有任何意義嗎？我們是什麼關係？

「我也找到金花了。」前旅伴 aka 我媽肚裡的胎兒的親生父親回傳。

就這樣？

他傳了一段音訊過來：打字太慢，我打給你可以嗎？

其實，我也想聽他的聲音。在京都時有天我們沿著鴨川岸騎腳踏車，兩台並排騎，一路往南，邊騎邊聊，就是那次我告訴他我的小套房荒謬情史，告訴他茉莉這個傳奇人物，而他也跟我說了他的荒唐老爸、謎般的生母與神般的養母，說了好多他看過的電影以及他在電影裡獲得的人生解答，騎過橋底時常會遇到練習打鼓或拉小提琴的街頭藝人，我們變成一前一後，聲音被樂器聲阻隔，散在河畔，一人再加緊踩幾下追上另一人，接續說著，最後騎到三條大橋下，我顧腳踏車，他去橋邊的Lawson買啤酒、關東煮、大福和洋芋片，我們坐在川邊繼續聊。

那時我不覺得他是朋友、也沒升起男女之間的喜歡，而比較像是家人，自然而然地，沒有口水芥蒂的家人，我咬了一半的魚板他接著咬，喝不完的啤酒他幫我喝完。我不知道那歸在旅人的大而化之，或是某種預言：你們就要結成無血緣的家人關係囉。

若不急著把我和我媽和他關進玻璃瓶裡撞個頭破血流，只是平靜待在瓶子外看著他們，我便找不出讓我氣惱抓狂的原因：我媽和一個年紀比我小的男生發生關係懷孕了。下一句可以是：關我什麼事。

跳接、閃回。這都是他告訴我的電影術語。若跳接回鴨川，沒錯，我的確想和他說話，於是我回他一個「好」字。

他打來，語氣非常慵懶放鬆，滿滿大理氣息，已經帶點大理腔。

其實我從京都回到台灣，在我家待著的那幾天，我就知道答案了。

我跟我爸媽隨便說我要去當義工，就是去教少數民族的小孩中文那種，我知道泰北有，我曾經想去，所以我想雲南四川貴州什麼的也都有吧，反正我隨便說說，他們也都相信，給了我美金和人民幣，你知道嗎？有時候我會覺得這會不會是「不是親生」的好處，還是他們真的覺得我長大了，隨便我了。

我本來是真的要按照和你約定的日期一起出發，但那時我心裡還在糾結另一件事，就是我跟愛鳳桑的事，我有點怕我在家待得越久越有可能煏空，畢竟撒了一個謊，隱瞞了一件事，就算我每天都藉故出去巡第四台線不待在家，還是會感覺很不踏實，所以我提早出發了。

那天，很稀奇的，是我爸自己一個人開車載我到機場。他說，他知道我可能會想去找我的親生母親。然後他說，我必須跟你說，你不可能找得到的，因為老實說我也不知道是哪一個。我做為一個受精卵著床的那個夜晚，更正確地說，是那政商交流高爾夫球旅遊團在東莞的幾個夜晚，他每晚都帶不同的小姐出去過夜，有時不止一個，就是人家說幾P

幾Ｐ玩很瘋玩很大的那種，不只他這樣玩，他跟我講了好幾村的村長有些還是我同學的爸爸，我拜託他不用講那麼多。

他們都覺得天高皇帝遠，回來誰都不講就沒事了。結果只有他最衰，收到了一個小姐肚子大起來的照片，沒有拍到臉，他不知道是哪個，就算現在站一排在他面前，他也認不出來，然後過幾個月又收到一個嬰兒的照片，他仍然覺得是仙人跳，但為了不讓事情煸空，只好乖乖付錢。直到我媽、我是說我養母揪著他去東莞的時候，他都覺得不可能真的有一個小孩養在那，結果，我就在那兒，而且跟他長得一模一樣。為了把我帶回台灣，他必須去做親子鑑定，就是ＤＮＡ，我確實是他的小孩。

他接著說的這句話，讓我覺得太有哲理了，他說：「我覺得他們就是一個作業系統。」我想爸，你要講的是詐騙集團、還是仙人跳集團嗎？他說不，他們就是一個作業系統，很有系統地在作業。我說對，但是作業系統指的是登入一台電腦，或是現在智慧型手機你用ｉＯＳ或是Android那樣，你講的是這個作業系統嗎？他說反正他們就是各司其職，然後李金花就是一個行動代號，我說爸代號就代號，你不要一直講四字詞語。就像編劇老師教我們的，你一直用成語代表你在迴避一些什麼，所以我直接問我爸：你到底最想講的是什麼？

那時車子要準備從中山高轉進機場系統了，我不知道他是在專心看路還是真的沉默了，過了一兩分鐘，我從車上看到幾架飛機起飛降落，我們就要分別了，他才開口說，第一，你要找李金花是找不到的，第二，你會出生也是這個作業系統意想不到的，你就是注定要來當我兒子的。

我說我知道，媽媽說過了，這是我的福報。我真的看到我爸癟了一下嘴，吞了一下口水，指了一下眼淚，這是我們父子有史以來最長一次對話。

我下車了，我一直在想他最後那個作業系統指的是哪個，是東莞夜總會仙人跳那個，還是掌管出生死亡萬物運行的這個很大的作業系統。

到了大理之後，我還是得找點事做，所以我開始找李金花，其實我找到了很多很多個，有老奶奶、也有年紀跟我差不多的，每個都純樸善良得要命，她們不可能跟東莞系統有任何關係。然後有天我去懶人書吧，你知道嗎就是護國路最末段有家點一杯飲料就可以在裡面看一整天的書和電影的店，我在那邊看了《雲端情人》，雪特他裡面也在講作業系統，就是未來世界一個男人跟一個作業系統談戀愛的故事，你如果看過就知道他們的感情不可能是假的，最後讓這個男人心碎的原因是，這個作業系統在一個瞬間其實跟無數個不同的人在談戀愛，他們不是唯一相屬的。

我就想，那麼其實我已經找到李金花了，李金花作業系統，就像那個莎曼珊作業系統一樣。作業系統可以當情人，為什麼不能當媽媽？李金花就是一個雲端媽媽。

我覺得差不多該結束了，我待大理也待得有點乏了。我有點想登出大理了。

接著，謝安得說他要跟我說的話必須換到 LINE 去講，我問真的有差嗎？他說反正翻牆去說就對了。我換了 SIM 卡，和他重新連線，我不知道到底可以遮蔽什麼，或只是圖個安心。他打來，把聲音壓得很低，我幾乎聽不見，他重複了幾次我才知道他在講英文，他說的是：我請阿毛幫我買了一張假身分證，我要去西藏了。「還有，」他說：「我受不了藏來藏去，所以我告訴你媽我跟你說了。」

「那她怎麼說？」

「她什麼都沒說。」

我們有太多太多可說不可說的秘密，都透過網路傳播，包括要求保密。我不知道翻個牆或換個語言是不是就可以躲過監控，也不知道到底有沒有監控這回事。隔天早餐，沒有預期地，我遇到了茉莉，我問她西藏的事，她說台灣人要入藏證，而且規定團進團出，我又問她假身分證行得通嗎？她說蓮花，別這麼做，我們可以找人拼團申請。

她說這句話時放下了叉子，把手搭在我的手上，這是我們第一次肢體碰觸，我感受了一下她溫暖柔軟的手。那觸覺卻做為介質，我想到了高永健的身體，不禁打了冷顫，那顫抖又傳回她手裡，我不知道還有沒有順帶傳了什麼，但她好溫柔地站起來，說：「冷氣太冷了吧，我去幫你弄杯咖啡。」

我的本名是連美雅，我和你住同一個社區，我和你的前夫曾經在同一個辦公室，我知道他發生的所有事，因為我也在他的關係之中。不過，沒有人知道。

在腦海中把這些句子跑過一遍，然後配著茉莉端回來的黑咖啡大口灌下，這些秘密現在去到了胃，至少不會梗在喉頭。

茉莉大方地說她在成都的工作，接下來要去沙溪，而中間有段空檔，她已經安排好去甘孜的五明佛學院一趟，那裡台灣人進不了，有熟門熟路的司機願意冒險闖關。

「我每年都是這麼去的。」

「你每年都去？因為修行嗎？」

茉莉搖搖頭，跟我說一個故事。在寺廟裡，師父養了一隻貓，弟子們靜坐時，師父會把貓綁在柱子上，免得貓咪騷擾搗亂。幾年後，貓咪死了，一個弟子說，沒有貓，我現在無法平靜端坐了。

「我覺得我跑來跑去、朝聖來朝聖去，都還只是在找那一隻貓，而不是真正的信仰。」茉莉指指她的腦袋，說：「這裡太頑強、太愛玩了。」

「貓的意思是，修行中的標的物？是嗎？」我小心地問。

「沒錯，標的物，我喜歡這個說法。」

「那這也是嗎？」我從口袋中拿出曲珍給我的計數器。

「當然。我覺得對我來說，就是追求之後，再放下的東西，但不知道要追求到什麼時候。」茉莉接過看，上面的數字已經來到三千多。接著，她突然抬頭，「你要跟我去五明嗎？」

「好啊！」我竟不假思索地回答。

「會比較辛苦喔，」茉莉指著周圍的明淨座位、自助餐台、白瓷杯碟，「就沒有這些了。」

「沒關係，這些也是貓咪而已。」

她爽朗地哈哈大笑兩聲。天啊我喜歡她。我突然想起高永健曾經說過非常王八蛋的話：「如果我的情人們互相認識的話，她們應該都可以變成好朋友，可惜她們不想這麼做。」現在一想，或許他說的是實話。

追求之後，再放下的東西。我追尋著茉莉，她也可能只是這趟旅途上的一隻貓咪。接著的兩天，我跟著這隻幽默靈巧的茉莉貓逛遍成都，去文殊院禮佛、吃庭園齋飯、再去隔壁買實惠美味的傳統宮廷甜點。去寬窄巷子喝茶、吃臉盆大的麻辣鍋，然後晚上再向微信那頭的謝安得報告。

到了我們要出發前往五明那天，謝安得也加入了我們。他原本計畫走滇藏路線，從香格里拉、梅里雪山進入西藏，但聽說那邊的邊防更嚴格，所以他想改走川藏，即是我們的路線，從康定、甘孜入藏。我向茉莉提了，她欣然歡迎。我們約在成都機場，謝安得從大理飛過來，而包車司機們就在機場停車場等待。

「一台車會很醒目，三台車就好混。」我們的司機是個藏族大哥，綽號叫萬事通，他說是台灣客人幫他取的，他另外找了百事達、好事多兩個兄弟，各自在網路上和青年旅館號召了拼車散客，有男有女，有老有少，有台灣人有中國人。唯獨他們跑的是非營業的黑車，所以萬一過檢查哨被盤查，要說：我們是一群好朋友，一起出來玩的。

三台四輪傳動七人座休旅車上路了，川藏北線，又稱317公路，與318川藏南線正好平行。

我們經過了康定、塔公草原、爐霍，在寺廟裡掛單、睡大通舖、吃簡單的西紅柿蛋花麵。在第三天深夜，檢查哨下班之後，成功開進了喇榮五明佛學院。

藏紅色的修行小屋密密麻麻層層疊疊，占據了好幾座山坡，壇城在最高點，海拔四千兩百公尺，靠一路慢慢爬升的高度適應，和每天吃下的丹木斯藥丸，已不覺得身處高原。

在這裡，女眾與男眾得分開住宿，就連進入佛學院聽經聞法，男女之間也以布簾相隔。同行的師姐說，繞壇城一〇八圈，就可以消除此生業障，茉莉和我就住在壇城旁邊的喇榮賓館女生宿舍床位，沒有洗澡間，每天凌晨五點自然醒，梳洗完畢穿上羽絨衣就去繞壇城。雖然知道那也是茉莉比喻的一隻貓咪，但它閃亮殊勝，繞到日出時陽光直射，我不知道業障消了沒，但我的確感覺通體舒暢。

寺院作息，天未亮起床、繞塔、讀經（雖然完全聽不懂藏文），下午還可以喝個酥油茶配甜點。用餐場所，男女可共用，謝安得即將來跟我們會合。

我漸漸喜歡上這種混著奶油與濃茶的微鹹茶飲，茉莉問我，如果這樣的生活持續一輩子，願意嗎？

「我還是會想要好好洗個澡，畢竟不可能都在路上。」我誠實回答。

「我就一直在路上啊。」茉莉說。

「可是當你結束一趟旅程的時候，還是會回到家吧？」我腦袋浮現我潛進去的河景第一排尊榮首選物件。

「那也是暫時的。家啊、婚姻啊，都是暫時的。」

婚姻，關鍵字出現了，我等著茉莉的真心話大冒險，謝安得卻在此時冒出來了，氣喘吁吁興奮喊著：「蓮花，你拿到了嗎?!」他現在也改叫我蓮花，手上拿著一張黃色的小紙條，上面有一個藏文名字：次仁尼瑪，意思是長壽太陽。他說剛剛經過一戶房子，有人喊活佛在幫人皈依了！他就進去了，得到了一個名字。我說我也想去，其實我搞不清楚自己在搜集什麼，宗教殊勝體驗或是旅遊打卡集點，或者再多一個名字。謝安得領著我奔跑到達那戶小院時，皈依已經結束了，我們問了僧人，他說下次不知是何時，這是緣分，也是福報。我終究沒成為佛弟子。

但隔天，我們就去了天葬場，我得到了一次重新開機的機會。

從屍陀林天葬場回到佛學院的路上，萬事通接到電話，說第一台好事多的車被攔了，要全部交出身分證和手機。萬事通緊急轉彎，拐進小路，把車子藏進一處樹林裡，急切要我們把手機裡的照片都刪除，還有那些台灣用的臉書什麼的，也都刪了。

京都、大理、麗江、成都，還有這一路，全部都要刪嗎？我不知道茉莉的手機裡有什麼，但她敏捷地按了一個恢復原廠設定，絲毫不心疼。謝安得也照做，我看到他手裡緊抓著那張他買來的福建身分證，似乎計畫著什麼。

上車前，茉莉要我們把所有行李都帶上，也許是她的經驗，知道旅途隨時都有可能中斷。貴重與不貴重的東西都在身邊了，我拿出手機，按下原廠設定，關了機。

萬事通再次發動車子，穿著制服的公安，走到了我們這車。茉莉和我交出台胞證，萬事通已做好掉頭準備。

「下一站去哪？」公安凜然問。

「回成都。」萬事通答。

這時謝安得拿出他的身分證，「我去昌都、那曲。」

「怎麼去？」公安問。

「走路、攔便車。」

公安放行了。次仁尼瑪長壽太陽謝安得，拿了一張不知道是誰、只是長得跟他有點像的身分證，要成功地進入西藏了。

他從後車廂拿下大背包，與茉莉和我擁抱，互道保重。我們又一起走了一段，然後分開，下次見面已不知是何時，各自叫什麼名字。

茉莉和我原車回到成都，她必須去沙溪工作了。我問她怎麼去，她說搭飛機到麗江，再包車進去。原來沙溪在雲南？她說不是，沙溪在天堂。她邀我不妨去沙溪玩幾天，再看想去哪，我答應了。我問她，但我們到麗江機場後，可以先繞到古城，去民宿取回我寄放的背包嗎？她笑了，想必她從曲珍那兒聽到我兩個禮拜前的衝動事蹟，「旅行就是這樣，你會一再回去你去過的地方。繞了一大圈，怎麼又回來了。」

我拿完背包，我們直抵沙溪。

茉莉說她第一次來到沙溪時，有種一切的混亂都已經結束了的感覺。那時她攔便車只攔到石寶山，距離沙溪村落還有幾公里路，她只能步行，一台農用三輪車停了下來，她和背包上了車，看著遠山倒退，看著扛著鋤頭的村人和翠綠的菸葉田，突然覺得沒有什麼好再追求的了。沙溪這幾年雖然難免多了很多咖啡館、手作店、高檔客棧，但仍然緩慢而有格調地發展著。

我們住在一家雅致的客棧，一人一間房。我過了兩天喝茶、散步、逛市集的舒心小日子，茉莉則在書店與村子裡來回跑著。書店名叫「天堂」，原本是農村裡的穀倉，與教堂一樣，都是尖頂建築，他們團隊參考了歐洲教堂改成的書店，以旅遊與民族為特色，打造了這家書店。

開幕活動，是茉莉的書《希望你也在這裡》簡體版的新書發表會，我想以此做為和茉莉同行二人的終點，是個不錯的結局。茉莉坐在台上，配合一張張旅行照片投影，說著路上的故事。她這陣子ＩＧ沒更新，或許有一天，我也會變成她故事裡的人物吧。

我拿出幾乎空無一物的手機，拍下幾張照片。這時，連愛鳳，我媽，傳來訊息：「孩子的心跳沒了。醫生說我年紀太大了。」

我的心跳突然急劇加速，好像那個胎兒的心臟透過訊息強加在我心上一樣。我想到在天葬場重新開機前的一片黯黑，而我媽在那裡發光，那到底代表什麼？我扶著心臟，回訊息：「弟弟去當天使了」。未讀。

茉莉又前進了幾張投影片，照片裡她去了巴黎、倫敦、布拉格，我努力驅逐腦中的黑暗，想像我如何去把我媽帶回來，再回訊息：「弟弟變成彩虹了。」仍然未讀。

我的心被懸吊起來了，在這教堂書店尖頂下的十字架上，我的母親一個人在京都血流成河，而我在天堂。我突然想起來，當年榮榮過世後，年輕美麗的連愛鳳曾經把自己關在房間好幾天，我讓其他大人帶去殯儀館，再回到那豪墅面對緊閉的房門。

分享會結束了，讀者們排隊簽書。我也拿著書去結帳，站在隊伍中。我仍然必須告訴茉莉，我設想了許多情境，繞完壇城休息時、在茶館喝酥油茶時、在賓館簡陋的上下鋪……但我都沒說出口。

輪到我了，我把書遞給她，告訴她：「我媽出了點事，我可能得趕快離開。」她面露關心，但無可奈何，後面還有人在排隊，只能對我說：

「保重，一切都會沒事的。」茉莉接過書，翻開簽名，在她簽書的同時，我湊到她耳邊，跟她說了，我是誰。

我、說、了。

她拿筆的手頓了一下，微微發抖，簽名之外好像又寫了一些字，我不敢去看她寫了什麼，只能轉頭看向十字架。她把書闔上，微笑遞還給我，我沒有要求拍照。

直到一段時間以後，我回到台灣，才把書打開。

茉莉寫著：種種混亂都已經過去了，能夠活到現在真是太好了。

9

本次終點：台中

昨天，我三十歲了。從我搬來台中，正好過了一年。

在我生日這天，台中捷運開始試營運了，我並不是愛湊熱鬧的人，只是正好要搭高鐵去台北參加研討會，不妨搭搭看。你猜我在捷運上遇到誰，不能說遇到，遇到，指的應該是兩個人眼神交會、甚至還互相打招呼對吧，那麼，只能說看到。我看到我爸。沒錯，就是李福地。

我記得你說過他在台灣治療癌症，他的確看起來很虛弱，戴著毛帽，臉色蒼白，身邊有個硬朗元氣的中年太太，應該就是你見過的、對你說：過去就過去了，要好好重新開始的那位太太吧。兩個人坐在門邊的博愛座上，手牽著手，有種互相扶持的感覺，當然還是太太照顧他比較多，我想講這些你應該不會吃醋或難過了吧。

他當然認不出我了，上一次見面是我十一歲的時候。我想他們現在應該還很有錢吧，但為什麼要搭捷運呢？可能也是為了新鮮吧，聽說台中人等捷運已經等很久了。我才當了一年的台中人，沒有太大的感覺，喔不，如果連小時候都算的話，我應該是當了十二年的台中人了，如果可以這樣累算的話。當捷運車廂平滑順暢啟動的時候，我還是有點感動，好像一切才剛開始而已。我想這跟我的親生父親坐在我對面，應該沒有關係。因為我看著他，其實是沒有任何感覺的，真的就像在看一對尋常的陌生老夫妻。

在一個全新的、充滿未來的、剛剛啟動營運的交通工具裡，竟然裝載著久遠過去出現的人，如果我走過去相認、或做些什麼，可能又會讓這兩點一線重新接起來，但我沒有動力。當然我可以情緒化一點地告訴自己，我身上流著那個人的血耶，但是沒有用，我連一點點激動、一點點想要接近他們的念頭都沒有，只是平靜地看著他們，腦裡出現的訊息只有，哦，是那個人，真的耶，真的是那個人耶。

大約又過了兩、三站，列車到中山醫學大學站時，他們下車了，大概，真的是去治療吧。李福地走路很慢，好像走幾步就會喘，太太溫柔地攙扶著他。他們下了車，車門關上，列車繼續運行。我覺得好像就是他在我生命中的寫照，他在我十一歲那年就下車了。而事實上，你也是吧。

你下車了，我繼續搭乘。或者是，你把我扔下車了，你繼續前進。

你知道嗎？我沒告訴你的。去年我在雲南沙溪收到你的訊息之後，我把所有接下來的行程都取消了，快速訂好了包車和機票，我從麗江飛到上海，再從上海直飛大阪，買了Haruka車票到京都，再搭地鐵到鞍馬口，爬樓梯到了我曾以為的，我們的短暫的小小的家。

按門鈴，開門的是一對外國情侶，他們說已經住了一個月，也許是賭氣吧，我沒告訴你，而請他們幫我聯絡房東，我才知道房東是個中國人，他說你「回」北京了。我問是何時的事，他說大約兩個月，也就是說我在四川雲南時，你就在北京，但你什麼都沒說。當然，硬問你的話你可能也會推托，北京到雲南比台北到大阪還遠呢，不是馬上就能到。

距離不是問題，問題是你從未交代你的去處或近況。距離不是問題，問題是我在一天之內用盡全力奔赴到你身邊，也不過是撲空，不過是一廂情願，但我還是慶幸我這麼做了。如果這世界從來不如我所願，我又何必照著它的路走呢？

再一次從京都回到台灣之後，我決定要搬家，置之死地而後生的那種。我先到台中找了房子，租了下來，然後才慢慢處理掉河堤套房，慢慢找台中的大學裡的工作。對，我把套房賣掉了，仲介說那一區後勢看漲，賣掉了就買不回來了哦，我說沒關係，我並沒有想要再回來。

你知道嗎？在我搬進台中的屋子那天，我收到了謝安得的微信。他發來一個位置訊息，位置的名字很酷，叫「中國郵政天上西藏郵局」，我不知道他在天上還是在西藏，地址顯示拉薩。原來，我們分開了這麼久，我已經做了這麼多事，他才剛剛抵達拉薩而已。甘孜到拉薩是兩千公里，台北到大阪的直線距離是一千七百五十公里，而且他走的是陸路，果然他的路程比我更漫長。

他問我地址，說：「想寄明信片給你、你媽，還有你弟。」我傳了台中的地址，他問名字呢？寫誰收？我回連愛鳳、連美雅、連向榮。顯然，他並不知道你們的小孩已經變成天使或者彩虹了。多好，他可能到三十歲、四十歲都還會寄明信片給這個不存在的我弟。

可惜的是，我並沒有收到這張來自拉薩的明信片。幾個月後我問他，他說他寄了十幾張，中國、日本、台灣，都沒有人收到。那這些明信片去了哪呢？攔截、屏蔽、銷毀、遺失了吧，呵，有點像我們之間的記憶呢。現在我有時候會去我們以前的家附近走走，那邊已經蓋起新的大樓了，老實說多去幾次，就不會有人事已非的感慨了。希望你的悲傷，也都被填平了。

追問或掌握你的行蹤，好像是沒有意義的。我把我們在京都拍的那張照片，我們兩人各拉著地圖一角的那張合照洗出來了，擺在我台中的新家，也許哪一天你就會從地圖的某處飛來找我吧。

如果真有那麼一天的話，我們一起去搭台中捷運吧。一切才剛開始而已。

▼

劉 梓 潔
作 品

1 親愛的小孩

2 遇見

3 真的

4 愛寫

5 外面的世界

6 自由遊戲

7 希望你也在這裡

國家圖書館出版品預行編目資料

希望你也在這裡／劉梓潔著.-- 初版.-- 臺北市：皇冠.
2021. 08 面；公分. --(皇冠叢書；第 4960 種)(劉梓潔作品集；07)
ISBN 978-957-33-3759-1（平裝）

863.57 110010686

皇冠叢書第 4960 種
劉梓潔作品集 07

希望你也在這裡

作　　者—劉梓潔
發 行 人—平雲
出版發行—皇冠文化出版有限公司
台北市敦化北路 120 巷 50 號
電話◎ 02-27168888
郵撥帳號◎ 15261516 號
皇冠出版社（香港）有限公司
香港銅鑼灣道 180 號百樂商業中心
19 字樓 1903 室
電話◎ 2529-1778　傳真◎ 2527-0904
總 編 輯—許婷婷
責任編輯—黃雅群
內頁設計—李偉涵
著作完成日期— 2021 年 6 月
初版一刷日期— 2021 年 8 月
法律顧問—王惠光律師

讀者服務傳真專線◎ 02-27150507
電腦編號◎ 548007
ISBN ◎ 978-957-33-3759-1
Printed in Taiwan
本書定價◎新台幣 300 元／港幣 100 元

本作品由 財團法人國家文化藝術基金會 贊助創作